Splitter. Prosa ISBN 9783903267114

Herausgegeben von edition fabrik.transit
Mohsgasse 7/19 A-1030 Wien
www.fabriktransit.net

Lektorat: Sonja Gruber
Cover: Markus Lindner
gefördert von der Stadt Wien Kultur

Markus Lindner

Splitter
Prosa

Das Land im Westen

Wieder ist die Erde aufgerissen worden. Wieder gibt sie Verstecktes frei. Diesmal keine alten Schätze, keine keltischen, rätischen oder römischen Siedlungsreste. Dieses Geheimnis trug sie nur ein paar Jahrzehnte in ihrer feuchten, durchtierten Dunkelheit. Man kann auch sagen: sie trug es und drängte es dann wieder heraus. Manches lässt sich einfach nicht verscharren. Wieder wurden hunderte Tote gefunden, mit denen niemand gerechnet hatte, just an dieser Stelle. Die majestätischen Kalkspitzen der Nordkette sind angezuckert vom Schnee. Der warme Fallwind stürzt sich vom Patscherkofel ins Tal hierher zur Psychiatrie. Malträtiert – so liest es sich – seien die Leichen. Viele mit gebrochenen Rippen. Diese Details werden erst Wochen später bekannt gegeben. In den Krankenakten aus dieser Zeit liest sich nichts. Rippenbrüche seien äußerlich eindeutig erkennbar, auch damals für Ärzte und Pfleger. Zwar sind bei der Hälfte der 200 exhumierten Toten die Rippen gebrochen, aber in den Krankenakten ist davon kein Wort vermerkt; genau einmal werden verstauchte Zehen erwähnt. Der Friedhof der Psychiatrie war angelegt für höchstens 40 Tote, schon nach einem Jahr war er überfüllt. Die genaue Anzahl der Toten muss jetzt durch eine Kommission festgestellt werden. Ein paar Umwidmungen wurden kriegsbedingt ohne weitere Aktennotizen vorgenommen. Oder waren es gar Euthanasie-

Verbrechen?, wird im Feuilleton geschrieben. Eine Kommission muss gebildet werden.
Es waren Morde. Damit haben sich die Alpträume von Angelika erfüllt, die von ihrem monatelangen Psychiatrieaufenthalt erzählt. Ein wiederkehrender Alptraum: Sie sieht die Psychiatrieanlage auf Skeletten errichtet, Skeletten von Ermordeten, Menschen, die in der Psychiatrie ermordet wurden, und einfach dort verscharrt, versteckt wurden. Gras darüber wachsen lassen. Die Psychiatrie macht mich immer so krank, dass sie mich weiter behalten muss. Sie legitimiert sich selbst. Im Traum kann Angelika durch die Mauern, durch die Erde sehen. Manchmal öffnen sich die Mauern auch wie Vorhänge bei Fenstern oder Theatern, sie fahren auf die Seite. Sie erzählt vom blendenden Weiß der Knochen. Sie sind teilweise zersplittert. Die Erde öffnet sich so wie sich ein Auge öffnet, und gibt die Knochen frei, sie will sie nicht einfach in sich behalten. Angelika will raus, und deshalb muss auch sie Geheimnisse weiter für sich behalten, und deswegen muss auch ich Geheimnisse für mich behalten. Wenn ich das nicht für mich behalte, behalten sie mich hier. Es ist ein ganz einfacher Deal. Deshalb darfst auch du nichts sagen. Behalte es für dich. Angelika hatte ihre Mutter geohrfeigt, damals war noch Sommer. Für alles, was du mir angetan hast!, hatte sie ihr dazu gesagt. Mutters Vater ist auch ein Nazi gewesen. Er hat am Schreibtisch Karriere gemacht. Und dann, nach dem Krieg,

nach der Unbedenklichkeit, hat er wieder an einem Schreibtisch Platz genommen. Alles war immer unbedenklich gewesen, der Schreibtisch, die Partei, der Staat, die Arbeit, so wie er selber. Ja, auch das Grundstück, das sich der Vater gekauft hat: die Nähe der Stromleitung ist unbedenklich. Über dem Grundstück hängt eine Stromleitung. Die Stromdrähte und vor allem der Strom darin sind unbedenklich, dadurch wird nur der Preis des Grundstückes ein wenig gedrückt. Das Grundstück wird gekauft, im Grundbuch wird eine Notiz vorgenommen. Familienleben unter der Stromleitung. Die Mutter bekommt Krebs. Familiensterben unter der Stromleitung.

Mit ihrer Krankheit hat sie sich plötzlich für das Alte Ägypten zu interessieren begonnen, und das, obwohl sie sich nie für etwas interessiert hatte. Ein plötzliches exklusives Interesse für das Alte Ägypten, nicht für griechische Statuen, Tempel, Tragödien oder Historien, kein Tacitus, kein Apuleius, kein Aischylos, Euripides, Aristophanes, nicht einmal Cäsar. Ihr Interesse galt nur den Dornenvögeln. Ja, das war das einzige Buch, das sie gelesen hat, außer vielleicht noch Karl May: Der Schatz im Silbersee. Eigentlich hat sie nie ein Buch gelesen, aber sie hat viele Bücher gekauft. Im Wohnzimmer gab es bei uns eine Bücherwand, aber das einzige Buch, das sie gelesen hat, war Dornenvögel, sagte sie immer. Die Bücherwand hat ihr Pospischil, ein Nachbar, zusammengestellt. Einen Negeranten hat sie ihn geheißen. Pospischil musste einfach ein paar

Meter Bücher liefern, denn er sollte auch einmal ein Geschäft machen, vor allem konnte er Bücher mit Ledereinbänden besorgen. Und Pospischil lieferte. Er lieferte Karl Marx, Wladimir Lenin, Engels, Hegel, Schelling, Jack London, B. Traven, George Orwell, Goethe, Zola, Trotzki, Samjatin, Dostojewskij und so weiter. Alles in Leder, Hauptsache in Leder gebunden. Pospischil war ein Marxist oder vielleicht ein Trotzkist oder Anarchist, jedenfalls lieferte er fast fünf Meter Bücher, die meine Mutter alle nicht gelesen hat. Er lieferte fünf Meter einer ganzen sozialistischen Bibliothek, und Mutter meinte: Ich las kein einziges davon. Ihr reichten die Ledereinbände. Die Buchwand hatte sie hinter ihrem Platz im Wohnzimmer aufgebaut. Immer hielt sie ihre Standpauken mit den Büchern von Pospischil in ihrem Rücken. Es dauerte nicht lange, und ich hatte herausgefunden, dass sie die Bücher nicht gelesen hatte. Ich fragte sie: Mutter, was ist das Reich der Caoba? Und sie meinte: Ach, was du immer für Fragen stellst. Caoba, woher hast du denn das? Ich zeigte ihr das Buch von B. Traven, aber für die ganzen Bücher hatte sie nicht mehr über als eine verächtliche Geste. Ach, die Bücher. Ich habe Dornenvögel und den Schatz im Silbersee gelesen, das reicht. Und ich war mir sicher, dass sie nicht einmal den Schatz im Silbersee gelesen hatte, zumindest besaß sie kein Exemplar davon. Seit damals wusste ich, dass sie kein Buch außer den Dornenvögeln gelesen hatte. Ich aber hatte schon die Jack-London-Bücher gelesen und das Totenschiff und den Schatz in der Sierra Madre von Traven. Während sie ihre Vorträge hielt, blickte ich an ihr vorbei und sah da: ML Werke. W.I. Lenin: Werke in zwei Bänden. Und George Orwell: Mein Katalonien. Das waren meine Verbündeten, die mir Pospischil hinterlassen hat. Während sie mir ihre verhassten Vorträge hielt, holte ich mir Kraft aus den Büchern, indem ich an ihr vorbei zu den Ledereinbänden schielte. Sie war eine niederträchtige Person. Ohne das geringste kulturelle Interesse, und plötzlich interessierte sie sich ausschließlich für das Alte Ägypten! Erst nach dem Tod, durch einen Zufall, fand ich heraus, dass das Bild des grünen Osiris einem ägyptischen Totenbuch entnommen ist. Es war neben dem Bett am Nachtkastl, hochkopiert im Copyshop.

Vater war beamtet bei der Stadt. Immerzu trug er braun. Nach dem Tod von Mutter wurden seine Haare weiß. Auch ihm habe ich gesagt, was ich besser für mich behalten hätte: Dein Geiz hat der Mutter den Krebs beschert. Die Stromleitung hat der Mutter den Krebs beschert, aber dir ein günstiges Grundstück! Er steckte mich nicht in die Psychiatrie, aber sie hat damals die Rettung und die Polizei angerufen, mitten im Sommer wurde ich eingeliefert. So ist das mit der Wahrheit. Niemand kann sie ertragen und doch lässt sie sich nicht verscharren, sie bricht heraus, so wie sich ein Auge öffnet nach durchschlafener Nacht: Plötzlich schaut es. Ist es nicht die Natur des Auges: zu schauen. Ja und auch verschlossen zu schlafen. Jedenfalls schwupptiwuppti war ich in Hall. Ich hab um Valium gefleht, weil die Träume immer stärker wurden. Nie habe ich eines bekommen. Immer flacher wurde mein Schlaf, immer offener meine Augen. Immer mehr Wahrheit. Auch in den Träumen.

– Ja, der eine Traum von dir, über den Krieg.

– Welcher?

– Der eine Traum über den Krieg, den du führst, mitten auf einem Hügel aus Müll, der nichts anderes ist als eine Erhebung in einem Meer aus Müll.

– Ja. Ich irre umher in einer Landschaft aus Müll. Kaputte Gegenstände, verrostete Fahrräder, aufgerissene Matratzen, verrostete Einkaufswägen sogar. Und viele zerbrochene Ziegel, immer wieder zerbrochene Ziegel, wie aufgestapelt und wieder umgeworfen, immer wieder. Ein unglaublicher Gestank, weil ja das meiste Abfall ist. Ich finde dann heraus: Die ganze Welt ist aus Müll, mit Bergen und Senken. Ich wohne nicht mehr in meinem Haus, sondern auf einem Berg Müll. Von dort aus übersehe ich ein Gebirge aus Müll. Ich schlafe nicht in einem Bett, sondern in einem Liegestuhl, dessen Stoff dreckig und zerrissen ist. Ich breche durch den Liegestuhl, weil der Stoff zerreißt. Ich mache mich also auf die Suche nach Stoff, und davon bekomme ich Hunger und mache mich dann noch auf die Suche nach Essbarem. Und es findet sich kein Stoff und nichts zum Essen. In meiner

Verzweiflung esse ich Müll, etwas Angeschimmeltes. Plötzlich werde ich von einer Horde attackiert, alle in Lumpen gekleidet, und sie machen mir den schimmligen Müll streitig. Und ich muss fliehen. Und ich trinke verschimmeltes Wasser ... gibt es das überhaupt? Ich meine: in der Realität? Es hatte blauen Schimmel und einen Ölfilm.
In dieser Traumwelt wird um alles Krieg geführt, mit Waffen, die auch nur aus Abfällen hergestellt sind. Es ist nicht mein Krieg, es ist der Krieg der Welt, eines der Attribute dieser Welt sozusagen. Ja, dieser Traum ... er hat mich lange beschäftigt. Erst Ende November, als ich angefangen habe, alles für mich zu behalten, weil die Herren und Damen in Weiß mit der Wahrheit nichts anzufangen wissen ... erst in die Novembernebel werde ich entlassen. Die Nordkette vom Schnee angezuckert. Wer kann schon etwas mit der Wahrheit anfangen? Jedenfalls zu Weihnachten, als die Sonne nur noch ganz tief steht, ist meine Mutter verstorben. Der Himmel war glutrot, und als dieses Abendrot verschwunden, verglüht ist quasi, ist auch sie gegangen. Ich habe ihr nichts mehr zu sagen gehabt.
Angelika schweigt für ein paar Sekunden. Fast scheint es, als ob sie verstummt ist, aber sie setzt ihren Monolog fort.
– Und die Kommission kommt schließlich nach 15 Monaten zum Ergebnis: Die Morde wurden nicht im Zuge des Euthanasieprogramms T4 verübt. Es finden sich keine Hinweise dazu in den

nationalsozialistischen Akten. Und mich hätten sie für verrückt erklärt. Na, jedenfalls war Mutter dann tot. Sie hat gespart, alles auf die Seite gelegt für die eine letzte Reise, von der ihr alle abgeraten haben, weil die Folgen nicht abzuschätzen gewesen wären. Ja, sie hätte einfach auf der Reise sterben können. Sie wollte ins Tal der Könige, ist das nicht verrückt? Nun habe ich mir vom Erbe endlich einen Hund gekauft, einen Dobermann. Dass der aussieht wie Anubis, der Totengott der Ägypter, ist mir erst später aufgefallen.

[...]

Isidore

Durch das blühende Mohnfeld gehen. Die weißrosa Blüten schwenken im Wind, der jetzt am Abend aufkommt. Die zarten weißen Härchen an den tiefgrünen Stängeln. So schön diese Blumen sind, so viel Unglück und Verderben bringen sie. Golden glüht die Sonne. Ihre Nachbilder als sich überlappende Kreise auf meinen Netzhäuten. Rauschig orange vor dunkelrotbraunem Grund. Die Abendlieder der Amseln wecken die Fledermäuse zu ihren bizarr schönen Jagdtänzen.
In die Stadt hinunter gestiegen, die da im Kessel liegt, zerbrochen von Kämpfen der letzten Wochen. Die Wärter am Tor erkennen sofort, wer ich bin und winken mich durch. Wir sind alte Bekannte geworden. Ich bin nicht weiter interessant und ihre Blicke suchen sofort wieder den schon blauschwarzen Horizont ab. Alle wissen, dass es bald soweit sein kann.
Überall Schutt und Dreck und Chaos und Elend. Der Ziegelhaufen eines getroffenen Hauses. Eine alte zahnlose Frau in bunter Tracht bettelt dort. Sie schaut mich freundlich an. Und obwohl ich selber fast nichts mehr habe, gebe ich ihr ein paar bronzene Münzen, genug für Brot. Ich gebe jedes Mal, wenn ich hierher komme. Sie bedankt sich überschwänglich. Ich muss weiter. In einer Ockerlache des Regens säuft sich eine Zeitung voll, mitten in den irisierenden Mustern von Benzin. Überall Müll. Es stinkt unsäglich.

Schreiende, Kinder, Frauen, Männer. Wieder patrouilliert ein Paar, die Gewehre geschultert. Mein Weg führt mich weiter in die Stadt hinein, vorbei an ausgebrannten Autos, an Häusern, von denen manchmal nur noch eine Fassade aufragt, mit den länglichen, vertikalen Auslassungen, in denen vorher Fenster Platz fanden. Jetzt der riesige Schutthaufen eines ehemals wohl großen Gebäudes der Verwaltung. Durch einen Zufall des Krieges steht der Eingang mit der gemeißelten Inschrift darüber noch. Zwischen Staub und Ziegeln viele Akten. Der Schutt geht hier quer über die ganze Straße. Direkt dahinter haben sie einen weiteren Checkpoint aufgebaut. Hinter den Mauern lauern sie mit ihren Gewehren, und auf dem hohen Gebäude dahinter flattert ihre Fahne im Wind.
Hier muss ich nach links. Ich bin kaum ums Eck, als mich ein junger Mann anspricht, mit fahler Stimme und Fieberblick.
Er stellt sich als Isidore vor. Je m'appelle Isidore. Und ich kann ihm nicht weiter helfen als mit einem Stückchen selbsterzeugtem Opium (der Rest davon – meine Jackentaschen sind voll damit – ist für das Krankenhaus der Commune de Paris [1871] bestimmt, die in dieser verrückten Traumdimension ein Bündnis mit der YPG eingegangen ist).
Weiters – meint er – bin ich der Comte de Lautréamont (seinen Namen spreche ich unisono mit ihm aus).
Ich frage nach dem berühmten Zusammentreffen

von Nähmaschine und Regenschirm am Seziertisch.

– Le table de dissection! Une machine à coudre! Et un parapluie ... – , und er blickt mich an wie am einzigen Foto, das es von ihm gibt, und noch bevor er irgendwas entgegnen kann, ist er verschwunden.

Gespenster

Ich schloss die Augen, die nach hinten kollerten, ganz schwarz und glänzend, zwei Billardkugeln mit jeweils einer schwarzen hasserfüllten Acht. Klickklack, und sie rollten und kollerten durch Gänge und Wege wie die eines Höllensystems oder einer Flipper-Spielmaschine. Die Sonne war ausgebrannt. Hinter feucht zähkalten Nebeln und Wolken irgendwo, nirgendwo, gar nicht mehr wahrnehmbar, nicht mal als Fleck. Lebhafte Nordost- und Nordwestwinde brachten über Nacht weiter Kälte und Schnee in leblose Straßen. Die Flocken rieselten mal dahin, dann tanzten sie wie die riesigen lebhaften Schwärme der Krähen kurz vor Sonnenuntergang. Noch hatte der Tag aber keinen Abend. Kurz nachdem sich etwas karges, kaltes, milchiges Licht in die vormittäglichen Schnee- und Nebeltänze gemischt hatte, brach eine Autokolonne aus der Hauptstadt in die Steiermark auf. In den acht métallisée-schwarzen Edelkarossen eines deutschen Herstellers waren die Vertreter einer Regierung und der Industriellenvereinigung. Die Herren slimfit, in schwarz, manche mit Krawatten, die anderen leger ohne. Die Damen geschminkt, in Stöckelschuhen und Kleidern, oft im klassischen kleinen Schwarzen oder in etwas Buntem. Gold, Silber, Smaragde, Diamanten. Gut abgestimmt auf Typ, Haarfarbe oder Augenfarbe. Die Gruppe kommunizierte in einer Whatsapp-Gruppe zwischen den Autos der

Kolonne. Der Administrator der Gruppe sollte nach dem Treffen alle Nachrichten löschen. Man achtete auf Diskretion. Beim Treffen am Schloss waren die Spitzen der Partei, der Kanzler, der Witzekanzler, die Minister, die einflussreichen Landeshauptmänner, die Vorstände von Unternehmen, die Vorsitzenden der Industriellenvereinigung und der Wirtschaftskammer, ein Werbeprofi samt Datenanalytiker und Psychologenteam. Dazu die Sekretärinnen und Sekretäre der Damen und Herren und ein paar kantige Securities mit Stöpseln im linken Ohr, die geringelten Drähte im Rücken verschwindend, hinter dem weißen Hemd, unmittelbar neben dem Kragenschwarz des Anzuges.

Ich habe also acht oder neun innere Augen wie eine Spinne und die Informationen laufen an Strängen wie Spinnen im Netz. Ich folge den Limousinen simultan, die nach und nach, in Wagenkolonnen, wie choreografiert, innerhalb von 15 Minuten, aus Tirol, Vorarlberg, Wien, Nieder- und Oberösterreich, Salzburg, Kärnten, dem Burgenland und der Steiermark, eintreffen. Die Autos haben gar nicht alle Platz im Schlosshof, so parken manche davor. Alle sind métallisée schwarz. Die Stimmung ist gut. Man wärmt sich in der Sonne, die sich jetzt auch endlich zeigt. Der Himmel tritt durch den Nebel und lächelt herunter auf sie und wird blau und türkis. Ein paar Tische mit Catering (Snacks, Tee, Kaffe, Säfte usf.) stehen bereit, betreut von

Kellnerinnen in Dirndlkleidern. Zimmermädchen koordinieren mit den Sekretärinnen die Gepäcksstücke. Burschen tragen sie dann hoch. Ein Übernachtungsplan, mit Zimmerliste und so weiter, wurde in langwieriger Abstimmung erstellt und koordiniert. Die Stimmung ist sogar sehr gut, es wird gelacht, gescherzt. Ein paar wenige Raucher stehen zusammen und machen blauen Dunst. Die Schlossherrin im rosa Versacekleid tritt auf, dezent geschminkt, eine Meisterin des Charmes und der Unterhaltung. Man winkt dem Hubschrauber zu, der beschützend im Himmel kreist. Die Herrin führt die Gruppe ins Schloss, hoch in den ersten Stock. Die Damen und Herren schreiten durch die uralten Räume, die mit antiken Gegenständen vollgestellt sind wie ein Museum. Hinaus auf den Balkon, die Lauben sind gotisches Kreuztonnengewölbe, die Freskos daran nur noch zu erahnen. Dutzende Hirschgeweihe und andere Trophäen wie Wildschwein- und Elchköpfe hängen dort. Dann wieder hinein in einen weiteren großen Raum, dessen Wände zur Gänze mit einem riesigen, aufwendig von der öffentlichen Hand restaurierten Fresko versehen sind: der Stammbaum der Familie selbst rankt sich über die Wand, verziert mit Weintrauben und -blättern, dazwischen nur die tiefen Fenster, die die Dicke der Mauern offenbaren. Hier wartet der Schlossherr, mondän bläht sich ein gepunktetes seidenes Stecktuch, flankiert von einem halben Dutzend Zimmermädchen breitet er willkommen heißend die Arme aus. Seine Gattin gesellt sich zu ihm. Ja, früher wohnten hier Herzöge und Erzherzöge, jetzt sind wir da. Noch etwas Small Talk und die Zimmer werden bezogen. Den Gästen wird eine Führung durch das Schloss angeboten, so um 11 Uhr, nach dem Frühstück morgen, vor den Meetings des Nachmittages. Es riecht wie in einer Kirche.

Die Klausur läuft an. Punkt 11 treffen sich alle im Stammbaumraum, um sich wenig später in die Arbeitsgruppen Inneres und Sicherheit, Soziales und Wirtschaft, Äußeres und Kultur und den Tag X aufzuteilen. Die wohlvorbereiteten Dokumente sind schon aufgelegt. Kugelschreiber und Füllhalter sind bereit. Alles wird nochmals durchgesprochen. Die Stimmung ist gut, sie ist sogar sehr gut. Sie ist produktiv, synergetisch und aufregend, anregend. Es geht um die Zukunft des Landes. Vom Ballast des 20. Jahrhunderts müsse man sich jetzt befreien. Alles neu: Mehr privat, weniger Staat.
Und obwohl das nicht neu ist, sagen wir einfach, es ist neu. Kurz und bündig, scherzt man. Without delay. Weg mit der Notstandshilfe, es gibt eh die Mindestsicherung. Die Arbeiterkammerbeiträge sollen gekürzt werden, denn die Kammernmitgliedschaften selber abzuschaffen sei noch ummöglich. Das werden wir dann als unsere Diskussionskultur verkaufen. Und die Kürzung um 30 Prozent bringt zwar nur ein paar Cent für die Arbeiter und Angestellten,

aber die Arbeiterkammer selber bringt es in die Bredouille. Das lässt sich wieder gut verkaufen, als Einsparung, als Verschlankung, slimfit. Das Ziel, die endgültige Abschaffung dieses Staates im Staate, wird auf 2021 verschoben. Vorfreude, Schadenfreude, beste Freude. Es muss ganz klar kommuniziert werden: das Glück den Tüchtigen. Leistung muss sich wieder mal lohnen.
Die Kernwählergruppen: der Mittelstand. Die Wirtschaft: stärken.
Weg mit der Arbeiterunfallversicherung, das ist ja ein Kuriosum aus dem 19. Jahrhundert, außerdem entlastet das die Wirtschaft. À la longue: Versicherungen und Pensionen privatisieren. Das muss doch der Staat nicht machen. Also so machen wir das: der AUVA 30 % Einsparung verordnen. Das schaffen die niemals, dann einfach zerschlagen und umwälzen auf die Sozialversicherungen,. Das bringt der Wirtschaft – und natürlich sprechen wir da nur von den Arbeitgebern – fast zwei Milliarden. Die berühmten Lohnnebenkosten kosten viel zu viel. Die ELGA-Daten werden wir verkaufen, es gibt schon Interessenten wie Pfizer. Und endlich ein besseres Arbeitszeitgesetz: mehr Flexibilität bringt der Wirtschaft Milliarden. Die IV, sichert Kapsch zu, wird eine weitere große Imagekampagne starten, am Ende des Jahres, mit 2000 Plakaten, Social Media und Hotline. Alles ordnen, neu ordnen, besser, strenger, effizienter. Studiengebühren müssen her, diese sichern Exzellenz. Exzellenz schafft Wachstum

und Wohlstand. Das Wachstum, ja eigentlich sollte es in die Verfassung, es ist doch das Um, das Auf. Wir nennen es einfach Staatsziel Wirtschaft, denn bei Verfassung klingeln doch bei vielen die Alarmglocken. Wir werden Strolz dazu bringen. Weiters Prioritäten setzen und sofort vermarkten. Vermarkten vermarkten vermarkten. In zwei Jahren endlich dann das Mietrecht entrümpeln und entsumpfen. Die große Chinareise des Kanzlers und des Präsidenten: rotweißrote Vermarktung beim roten Riesen. Dann wird Leitl zurücktreten. Und die Zahlen: man hat Glück, die Zahlen sind ja gut. Und wieder punkten wir in der Bevölkerung: Streng sein mit den Asylanten. Ende der sozialen Hängematte. Weg mit den Durchschummlern und Schmarotzern. Mehr für unsere Leut. Also die unseren Unsrigen: Mittelstand und Leistungsträger. Mehr Polizei, mehr Kompetenz für die Polizei und das Innere bringt Erhöhung der subjektiven Sicherheit. Klarnamenpflicht im Netz. Die Stimmung ist gut, sehr gut sogar. Für den nächsten Tag dann: Strategien zur Stahlbetonierung der Macht. Dazu Gerüchte über eine Firma namens Cambridge Analytica: das ist die Firma von Mercer und Bannon, und die haben Trump und den Brexit gemacht, wird gemauschelt. Silberstein ist ja oldschool.

Es wird dämmern und wieder werden Autos eintreffen. Diesmal werden es kleinere, buntere Privatautos sein, denn die Bettgänger sind da.

Sie werden auf die angeregt und aufgeregt Diskutierenden im Innenhof treffen. Die Dirndln werden Veltliner, Riesling, Zweigelt und Bier kredenzen. Zuerst die Arbeit, dann das Vergnügen. Das Abendessen hat sieben Gänge. Danach gibt es Musik: Kammermusik, Wirtschaftskammermusik. Weinverkostung für die Alten. Disco und Cocktails für die Jungen. Smalltalk: Industrielle Vereinigung, das ist manchmal geiler als Sex. Es kommt nur auf die Uhrzeit an. Zwinker. Zwinker. Mitten im Dunkel und Nebel der Nacht wird als letztes ein Rudel Wölfe aus Allentsteig eintreffen. Rotglühend wie Kohle ihre Augen. Sie fletschten, sie trenzen, basedowsches Syndrom. Ich weiß jetzt, wo die Wölfe trinken werden. Unmengen von Bier und Gegröle und Geheul mit den anderen Schlossgästen am Pool.
Zur Vorbereitung auf den Tag X.

Die Namenlosen

'terras licet' inquit 'et undas
obstruat: et caelum certe patet;
ibimus illac: omnia possideat,
non possidet aera Minos.'*

"Mag er Land und Wogen sperren",
sprach er [Dädalos], "der Himmel ist frei.
Dorthin gehen wir: Alles beherrscht Minos,
(aber) die Lüfte beherrscht er nicht."

Ovid, Metamorphosen, Buch 8, Verse 185-188

Ich kam noch im Sommer an, ich erinnere mich genau, als ich das erste Mal hier am Balkon im Garten saß. Der große Baum zwischen dem alten zweistöckigen Haus und den sechststöckigen Neubauten war überzogen mit üppig blühenden Lianen. Tiefes Blattgrün, darüber fällt und ranken die Stränge der Liane, um am Ende, umgeben von kleinen grünen Blättern, in riesigen, kinderhandgroßen Blüten zu fallen. Zum Horizont hin geneigt, öffnen sie sich, um den riesigen Bienen Nahrung zu bieten. Ihr Tanz von Blüte zu Blüte, jeden Tag. Erschöpft, verschwitzt, durstig, hungrig. Die lästigen Moskitos.

Einfach wie ein gutbürgerlicher Tourist in die Stadt, auf der Suche nach einem guten Restaurant. Ich setze mich nieder, unter der Veranda, mit Blick auf den Burgberg. Der Mond ein heller Tupfer. Vom Kellner lasse ich mir das Beste empfehlen, er rät zu Lamm in Zitronen-Rosmarin. Irgendwo im Rücken beginnen zwei Musiker Lieder anzustimmen. Unmittelbar nach dem Essen geht ein Gewitter nieder, ich sehe einen Blitz auf der Akropolis. Ein paar Sekunden Regen, zehn Minuten später ist alles wieder aufgetrocknet. Ich blicke umher, und tatsächlich rankt sich auch hier, entlang der Betonmauer, die gleiche Liane wie im Garten. Ich lasse mir vom Kellner den Namen der Pflanze auf ein Stück Papier schreiben, der, nach Rücksprache mit dem Kollegen, κισσός (kissós) niederschreibt.

Die Momente, in denen sich der Stift und dessen Schatten am Papier treffen. Zuckend und wellend die Schrift, wie eine Spur von Küssen.

Δεν μιλάω ελληνω

Den mee-LO e.lee-nee-KA
Ich spreche kein Griechisch. Die nützlichste Phrase vorerst nach den alltäglichen, den guten Wünschen, je nach Tageszeit, bitte, danke, gut, wo, wieviel, ich will ein Viertelkilo Weißwein (denn die Griechen messen den Wein in Kilogramm). Ich will italienischen Cappuccino. Ich möchte eine Speisekarte, Wasser, Tabak, ein

Feuerzeug, Brot, Apfel, Pfirsich, Apfelkuchen, Reis, Fisch, Lamm: Θέλω

Was ist das: Τι είναι αυτό;

Eins Zwei Drei Vier Fünf Sechs Sieben Acht Neun Zehn Zwanzig Fünfzig Hundert Tausend Million

Wie heißt du? Woher kommst du? Was machst du? Wo lebst du? Hier, dort, Mein Name ist ...

Πώς σε λένε; Από πού είσαι; Τι κάνετε; Πού μένετε; Εδώ, εκεί, Το όνομά μου είναι ...

Das griechische Fragezeichen ist der Strichpunkt: ?=;

Die Zykaden singen mit Leichtigkeit, während mich die Hitze nieder drückt. Es ist 2 Uhr nachts, und endlich zieht ein leicht kühlender Luftzug durch die Wohnung. Seit ein paar Stunden tänzelt auch ein kleiner weißer Falter durch den Raum. Er sitzt dann in der Küche an der Wand und ich sehe breite schwarze Bänder auf seinen etwa drei Zentimeter durchmessenden altweißen Flügeln wie ein Kriegsbemalung der nordamerikanischen Indianer. Gerade jetzt, inmitten der Heatwave, geistert der Börsenwert eines Unternehmens durch die Medien: mehr als eine Billarde. Der Falter umtänzelt meine verschwitzten Schultern, und ich spüre den

leichten Hauch seines Flügelschlages.
Wieder ein Regentag, obwohl es laut Klimadiagramm nur fünf im Jahr gibt. Diesmal kühlt es aber nicht ab, sondern die Hitze bleibt. Die Stadt dampft, als ich das Haus verlasse. Durch die Feuchtigkeit sind die Straßen und Gebäude eingedunkelt. Lichter spiegeln sich. Passanten wischen sich Schweiß aus Gesicht und Nacken, manche mit Papiertaschentüchern. Schweiß tropft auf meine Schultern. Die feuchte Luft leitet Schall besser, so knallen die Motorräder noch viel mehr. Hunger und Durst treiben mich durchs laute, grelle Dunkel und plötzlich nehme ich laute, moderne elektronische Musik wahr. Die tiefen Bässe lotsen mich ein paar Straßenecken weiter, in eine Gegend, in der ich noch nie war. Und da, die Straße den Hügel hinab, sehe ich einen beleuchteten Eingang mit einer Traube Menschen davor. Weiter, denn eine Schlange mit Dutzenden steht beim Einlass. Irgendwie einen Hügel hinunter, für drei Querstraßen, und dann gehe ich nach links. Die Gegend ist heruntergekommen. Viele China-Shops. Ein rot beleuchteter Hauseingang, aus dem eine Gruppe von Asiaten heraustritt, sieben Männer im Gänsemarsch. Viel schneller als ich, sehe ich sie ein paar Häuser weiter im nächsten Bordelleingang verschwinden. Offensichtlich finden sie auch hier nicht, was sie suchen, denn sie kommen gerade aus dem rot erleuchteten Gang heraus, als ich daran vorbeigehe. Ich möchte schon einfach wieder umkehren, als ich

ein weißes Gebäude inmitten der graubraunen Häuser wahrnehme. Ich komme näher und lese Hotel KJ. Es wurde offensichtlich vor kurzem renoviert. Ich denke mir, dass sich vielleicht ein günstiges Zimmer dort mieten lässt. Als Erstes fallen mir metallene Gitter auf, die an den Arkanen angebracht sind, und schon erkenne ich Dutzende Männer, die dort hinter den Gittern sitzen, stehen, sprechen. Manch einer lehnt einfach an der Mauer, sitzend, auf die andere Straßenseite blickend, ganz leer, dort wo gerade der Gänsemarsch der Asiaten aus einem der Bordelle hier schreitet. Ein riesiges Poster einer nackten blonden Frau prangt an der rot getünchten Wand.

Die Straße des 28. Oktobers führt von der Plateia Aegyptos zum Omniaplatz. Vom Osten mündet die Alexandroopul-Straße in den Platz, entlang eines riesigen Gartens, den ich den Zykadengarten nenne. Mit schier industrialisierter Wucht arbeiten dort Millionen Zykaden an einem gigantischen Klangwerk. Der Zaun ist immer wieder für ein paar Meter niedergerissen. Die Gegenstände, wie sie nur Menschen hinterlassen: Verpackungsmüll, Kleider (ein schwarzer, angestaubter Pullover, ein einzelner schwarzer Schuh, ein zusammengeknülltes, dreckiges weißes T-Shirt), immer wieder faustgroß zusammengeknüllte weiße Taschentücher, angeknackte Bierdosen, Glas- und Plastikflaschen, ein benutztes

Kondom. Zur Plateia Egyptos hin wird der Wald des Gartens dichter, auch wird der Maschendrahtzaun durch eine hüfthohe Steinmauer mit meterhohen Gittern darauf abgelöst. Nach hunderten Metern ein riesiges Tor, von dem der helle, staubige Kiesweg direkt zu einem Platz führt, in dessen Mitte eine etwa zehn Meter hohe Säule steht, und darauf die Herrin der Stadt, Athene, mit dem Kammhelm. In der Linken hält sie eine Lanze, die Spitze direkt zum Himmel wie die umliegenden Zypressen. Mit der Rechten hebt sie ein Rundschild. Vergoldungen an Helm, Rüstung, Lanze und Schild schimmern im Licht.

Beim nächsten Eingang die Statute von König Konstantin zu Pferd, in der Pose eines Augustus. Die Militärkappe trägt er, der Krieger, dessen Politik nach dem Ersten Weltkrieg in die kleinasiatische Katastrophe mündete mit Millionen Vertriebenen.

Am 28. Oktober wird des berühmten OXI (Nein) vom 28. Oktober 1940 gedacht, das vielleicht gar nie stattfand.

Ich bin immer wieder im Nationalen Archäologischen Museum. Gleich links hinein grinst mich ein Kuroi an, eine jener überlebensgroßen Statuen, die mich irgendwie an die Monumentalstatuen des Alten Ägypten erinnern. Wie sie da so im Schritt stehen, die

Arme und Hände streng. Das Grinsen der Kuroi (Jüngline) und Koren (Mädchen), das ich immer gewillt bin zu erwidern. Das Museum ist voller unglaublicher Schätze. Zwei Räume weiter der Fries eines attackierenden Löwen, wie er sich in den Nacken eines Stieres beißt.

Ein paar Räume weiter die Statue des Poseidons von Eritrea, die auch Zeus darstellen könnte. Ein bärtiger Mann holt aus zum Wurf des Dreizacks oder Blitzes. Die Bronze ist so raffiniert modelliert, balanciert und gegossen, dass das Spielbein des Gottes nur mit einem Ballen am Boden ansetzt. Der restliche Fuß hat Abstand vom Boden, wie ich zufällig bei einer Führung mitbekomme, als der Guide ein Blatt Papier unter dem Fuß durchzieht.

[Aphrodite und Pan.]

[Die Fresken von Akrotiri. Das Frühlingsfresko und die Boxer.]

[Das kleinasiatische Kind.]

Heute stehen ein paar vollklimatisierte Polizeibusse vor dem Museum. In den großen, kühlen Mannschaftsbussen sitzen die Einsatzpolizisten in ihren Plastikrüstungen. Plexiglasschilder stapeln sich im Gang zwischen den Sitzen. Vor den Bussen nur zwei Offiziere mit Funkgerät und Wasserflasche. Die Polizisten mustern mich aufmerksam, ich gehe einfach an den drei Bussen vorbei in Richtung touristisches Zentrum.

Ein imposantes Gebäude am Weg zum Syntagma stellt sich als Nationalbibliothek heraus. Ein drei Meter hohes Wellblech umgibt es zur Gänze. FOREVER A LOAN steht in riesigen blauen Lettern hinaufgesprüht. Ein paar hundert Meter weiter bin ich am Syntagma, dieser ikonische Blick auf das Gebäude mit der griechischen Fahne im Wind. Die Soldaten in ihren folkloristischen Uniformen wandeln davor hin und her wie Aufziehpuppen. Ein paar hundert Meter weiter die Statue von Konstantin XI., dem letzten Kaiser von Byzanz, mit seinen Daten: 9.2.1404 - 29.5.1453.

Ich schlendere durch die Viertel, einen neuen Weg zurück, bis ich das Gefühl habe, mich verlaufen zu haben.

Der Park wird mir inzwischen unheimlich. Die faschistoide Strenge der Athene-Statue. KONSTANTINOS BASILEIOS HELLENIKI erinnert mich an die Kriegsstatue von Franz-Joseph im Burggarten von Wien. Beide haben gewöhnliche Soldatenkappen in die Stirn gezogen. Der wehende Mantel des Habsburgers lässt einen unheimlichen Wind ahnen. Die Statue des Glücksburgers Konstantin I. ist jetzt am Abend ganz schwarz auf ihrem weißen Marmorsockel.

Die Zykaden werden noch eine Stunde oder so hämmern. Ich gehe in den Park hinein und begegne ein paar jungen Männern, deren Gespräch verstummt, als ich mich nähere. Ein Paar geht vorbei, dorthin, wo ich herkam. Hinter den Büschen nehme ich eine Wiese wahr. Ich steige durch die Büsche und trete in die von gebräunten Blättern und Reisig bedeckte Lichtung. Jeder Schritt knirscht und raschelt. Ein Busch ist voll mit handtellergroßen weißen Blüten, wie überdimensionale Margeriten. Dahinter strecken sich Zypressen zum Himmel, und am Himmel strahlt der volle Mond. Im Mondschatten einer Zypresse finde ich einen metrigen, rötlichen Stein mit zum Teil geglätteten Kanten, wie ein unfertiger Würfel. Ich lasse den Mond vorbeiziehen und im Schwarzblau funkeln die ersten Sterne.

Hinabsteigen. Noch nicht in den ewigen Schatten des Hades, aber heraus aus dem Getöse der Sonne, die hier direkt an die Häuserfront knallt. Die Hauswände sind glühend heiß, der Asphalt wird bald kochen. Nirgendwo Schatten, überall heißer Stein, der die Hitze willig aufnimmt. Hinunter die steilen Stufen, zwölf Schritte. Hinein in die Kühle eines Kellergeschäftes. Hier wird mit Künstleraccessoires gehandelt. Die beiden Betreiber sind hochbetagt und sprechen nur Griechisch. Der ganze Raum ist vollgestellt mit rotbraun lackierten Holzkästen mit allerlei Schubladen und Fächern, und darin sind Pinsel,

Stifte, Lineale und so fort angeordnet. Gleich hier um die Ecke fuhr der unheilbringende Panzer am 17. November 1973 seinen Weg. Ob die beiden hier wohl damals dabei waren? Damals, als der Stahlkoloss in und über ein Dutzend Studenten fuhr. Die tatsächliche Opferzahl wird immer noch geheim gehalten. Jedenfalls trat genau ein Jahr später Karmanis zur ersten demokratischen Wahl nach sieben Jahren an und gewann sie mit dem Slogan: Ich oder die Panzer. Hier, an der Theke, zwischen den Regalen, offeriert mir der Alte Blei- und Buntstifte, und obwohl er nur Griechisch spricht und ich damals noch keines, funktioniert unsere Kommunikation auch mit uns unbekannten Wörtern.

Mit der Dämmerung kommen die Tiere. Die Katzen wachen auf. Ich kenne schon ein halbes Dutzend aus der Nachbarschaft. Zwei alte Kater, zwei Katzen und zwei Kätzchen. Die Zutraulichste von ihnen war ganz schwarz und hatte einen Kleckser Weiß auf der Stirn. Bald besuchte sie mich täglich und ich fing an, sie zu füttern.

Die Stimmen der Tiere in der Nacht. Zuerst der Hund, der immer am Abend bellt. Danach das Kreischen und Fauchen von Katzen. Unzuordenbares, von Unbekannten. Die Nacht beendete das kurze Zirpen der Stieglitze, die da ein Haus gegenüber unter dem Dach ein Nest hatten.

Durch die Wellen der Radios gescrollt. Hier gibt es Dutzende Sender. Eine griechisch-orthodoxe Messe. Ich höre Kyrie Eleison und erkenne das Vater-Unser-Gebet. Weiter. Ein wohl trauriges Liebeslied, die tiefe Stimme des Sängers zieht die Worte ganz lang. Weiter. Ein melodischer Vortrag, vielleicht ein Bibelvortrag. Cyndie Lauper. Griechischer Pop. Orgelmusik, ganz triumphierend. Stille, für ein paar Sekunden, dann setzt ein Frauenchor zu Oboen ein. Ein Interview von zwei Männern, zu denen Fragesteller per Anruf durchgeschaltet werden. Alle stellen extrem lange Fragen und sind sehr aufgebracht.

Ich sehe hier Gesichter, viele faszinieren. Die Touristen mit ihren Sonnenbrillen, als ob ihr langsames, erhabenes Schreiten eine Platzenergie aufnehme, Schritt für Schritt. Ein Gesicht, die Haare wellen sich quer über die Stirn und fallen dann an die Backenknochen, und in diesem Schatten glühen dunkle Augen. Daneben, umgeben von grauschwarzen Flaum, leicht rot leuchtend, mit den Halbkreisen einer blauen Lesebrille. Der nächste Kopf, von etwas im Nacken wird der Hals niedergedrückt, sodass die langen, geraden schwarzen Haare nach vorne, vor die Brust fallen.

Und ich ernte Blicke. Eben erst einer dieser stieren Tierblicke, so wie eine Katze oder ein Hund einen mitunter fixieren können. Wie Tiere voller Panik. Dieser „Blickträger“ verteidigte seine Garage vor meinen Blicken. Ein paar Stunden später wieder ein Tierblick, diesmal von einem Obstverkäufer. Auch er hat einen aufgeblähten Bauch und eine rasierte Glatze. Das einzige Wort, das er mir in seinem Laden entgegnete war: Exodus.

Diese Plateia ist dreieckig und mit Büschen bepflanzt. In der Mitte eine Säule aus Metall, die auf einem breiten sechseckigen Sockel steht, darauf eine jüngere, sechseckige Säule, an deren Ende eine dritte Säule anschließt, die sich in sechs Lampenhalter ausschwingt. Und, das Charakteristische am Monument, drei Engel mit Lorbeerkranz umtanzen die letzte Säule, typische Bewegungen wie die Beine zu Schritten gespreizt, einen Arm zu Kopf gezogen usf.
Die Engel sind teils mit rosa Farbe angesprayt, die Köpfe, Gesichter, Brustkörbe, Arme. Jetzt am Vormittag ist die Plateia ruhig und aufgeräumt und liegt halb in der Sonne. Das große Transparent in der Mitte steht statisch da, kein Wind regt die griechische Buchstaben. Die Menschen fehlen noch fast zur Gänze. Der Sockel an der Statue ist leer, die paar Bänke sind leer, die Mauern sind menschenleer.
In den Straßen und Häusern rund um den Platz finden sich Cafés, Imbissläden, Restaurants und diverse Shops. Heute grillt jemand Souvlaki direkt am Platz. Eine halbmetrige Stufe teilt das Dreieck der Plateia in zwei Niveaus. Auf dieser

Stufe, an den Gehsteigkanten rund um den Platz, oder am Boden sitzen ein paar Dutzend. Eben soviele stehen herum. Es ist ein ständiges Kommen und Gehen. Autos, Motorräder, Taxis, Fußgänger. Über dem Platz das Gebrumme der Gespräche mit den Spitzen der Lacher. Graublauer Rauch vom Grill.

Am Anfang war plötzlicher Schmerz. Ich saß und aß, als unmittelbar ein immenser Druck auf meiner Stirn war. Mit der Hand griff ich dorthin, wo ich eine Schwellung wahrnahm. Vom Haaransatz bis in die Mitte der Stirn. Im Spiegel sah ich einen Hügel. Schmerzen, als ich daran taste. Zunehmend auch Schmerzen bei Regungen im Gesicht.
Es war einer dieser Dampftage, wie ich sie nannte. Mein Schweiß vermischte ich mit der kondensierenden Luftfeuchtigkeit. Alle paar Sekunden tropfte es vom Kopf zwischen die Schultern.
Die Schwellung beunruhigte mich. Ich versuchte sie einzuordnen...vielleicht ein Abszess.
In der darauf folgenden Nacht entwickelte ich eine Art Fieber. Mir war heiß. Ich hatte das Gefühl auszutrocknen. Ich trank nun auch das chlorige Wasser direkt aus dem Hahn. Danach hatte ich aufwühlende Träume. Eine violette Katze trat an mein Bett.
- Du bist vom Haus mit der Nummer 18, sagte ich ihr. Sie blickte kurz, als ob sie verstand.
Ein wenig später standen wir beim Haus

Nummer 18, da die Gasse hinunter. Sie ging zur Tür, öffnete diese gekonnt mit einem Wischer der Tatze und gleißendes Licht kam aus dem Haus. Das Tanzen von Staub in den Strahlen.
Ich lag drei Tage im Bett und ernährte mich von Suppen. Dahindämmern im Bett, Aufstehen, ein wenig Kochen und Essen. Wieder Dahindämmern.
Am vierten Tag hatte das Wetter völlig umgeschlagen. Kühler Wind kam durch die geöffneten Fenster. Fieber und Druck waren weg.

Etwas später kam eine Nachricht von Katerina. Ich hatte sie wissen lassen, dass ich krank war. Jetz erkundigte sie sich nach meinen Zustand. Katerina war aus Sparta und wir lernten uns auf der Plateia kennen. Sie fragte mich um Feuer, es entwickelte sich ein Gespräch. Sie erzählte mir vom Leben hier, vom System, wie sie meinte. Von den horrenden Stromkosten, von den Krankenstandskontingenten der Ärzte hier, wo man dann manchmal einen Arzt auf Evia (Euböa) konsultieren muss, weil keiner der Ärzte in Athen und Attika noch Krankenstandskontingente hat. Ihr Vater war Franzose und lernte Katerinas griechische Mutter beim Studium in Frankreich kennen. Zusammen erlebten sie den Mai 1968 in Paris. Sie gingen dann nach Athen und erlebten hier 1973 die Nacht der Panzer, als Radio Polytechnio verstummte. Und jetzt kämpfe eben sie den Kampf ihrer Eltern für eine bessere Welt weiter.

Wir vereinbarten ein Treffen in ein paar Tagen.

Wir sind die ersten Gäste in einem Café. Katerina beim Frappe, ich beim Cappuccino. Sie erzählt von einem Vorfall in einem der Squads. Vier Personen mit Motorradhelmen haben es gestürmt. Mit Eisenstangen und Baseballschlägern schlugen sie auf die Bewohner ein. Von den beiden Frauen und dem Syrer ließen sie ab, sobald diese am Boden lagen, und schlugen dann unablässig auf den Vierten – nennen wir ihn Nestor – ein. Immer wieder auf den Kopf, bis er bewusstlos war.
– Anna hat mir das alles erzählt.
Sie telefoniert mit einem befreundeten Mediziner, der nun weiß, dass alle im Krankenhaus waren, weil er das veranlasste. Die drei wurden schon entlassen und Nestor liegt weiter im Koma.
– Nein, es waren nicht die Faschisten, obwohl sie wie Faschisten vorgingen. Zwei von ihnen wurden eindeutig erkannt. Einer verkauft Schmugglertabak. Der andere wohnt in einem anderen Squad, seine karierte Hose, sein typischer Bauch und sein Bart, der unter dem Helm herausragte, haben ihn verraten. Jetzt sind sie natürlich verschwunden. Haben sich versteckt, in einer anderen Stadt oder gar auf einer Insel.
– Das ist alles furchtbar. Schrecklich, stammelte ich.
– Es musste so kommen. Weißt du, wenn Nestor stirbt ... hat er es nicht anders verdient. Er spielte sich als König unter Anarchos auf. Ein

Tyrann. Sein Squad war sein Königreich. Alle mussten sich seine Regeln beugen. Er bestimmte, wer kommen oder gehen sollte. Mit den Flüchtlingen hatte er ein einfaches Spiel. Er verpflichtete sie zu antifaschistischen Trainings ... er hat sie gezwungen, Molotowcocktails auf die Polizei zu werfen. Andernfalls hätte er sie des Hauses verwiesen. Er war ein ganz wahnsinniger Faschist.

Der Apotheker ist vollends ergraut, sein weißes Haar streng zurück gekämmt, die Gleitsichtbrille mit fragiler, goldener Fassung mitten auf der Nase. Das dunkle Holz der Kästen hinter ihm als Kontrast zu seinem weißen Mantel und Haar. Wir kommen ins Gespräch, nachdem er mir mit flinken Bewegungen mehrere verschiedenen Moskitosalben und -sprays auf den Tresen gelegt hat. Auf die Frage, woher ich denn komme, stelle ich die Gegenfrage: Raten Sie! So gesellt sich Lateinamerika zu Bulgarien, Rumänien, Spanien und Griechenland selber. Mit sphynxischem Lächeln löse ich das Rätsel. Er ist weit gereist, und wir unterhalten uns uns über meine Gegend.

Wir lassen die Stadt hinter uns. Wir stehen ganz hinten am Schiff und sehen den Hafen von Piräus an. Die Stadt schimmert weiß in der morgendlichen Sonne.
Die Fröhlichkeit der Inseln im Vergleich zur stressigen Stadt.
Ich folge dem Pfad durch die salzzerfressenen

Steine und Felsen. Dazwischen Disteln, Kräuter, ein paar Grasbüschel in Ockergelb und Grün. Überall Kotkügelchen von Ziegen. Ich steige ein paar Dutzend Meter hoch, hin zu den Wölbungen unter der Felswand, die sich bald als Höhlen herausstellen. Die erste Höhle geht nur ein, zwei Meter in den Fels, aber hinter dem nächsten Felseck tut sich ein riesiges dunkles Dreieck in der hellen Felswand auf. Hier steht ein Feigenbaumwäldchen und dahinter spannt sich ein riesiger Raum auf. Irgendwo haben sich Hornissen eingenistet, ein paar der großen Insekten schwirren im Raum. Die Wände hinten sind von Sinter und Tropfsteinflüssen überzogen. Im hintersten Eck, hinter einen Felsvorhang, sehe ich eine menschgroße Tropfsteinfigur, ganz in Violettblau, die auf einen Thron aus schwarzem Fels zu sitzen scheint. Ich habe die Höhle des Dionysos entdeckt.

Gestern erwache ich da hinten am Strand. Der Sturm des Schlafes hat sich gelegt und die Wärme der Sonne weckte mich. Diese Insel ist mir vollkommen unbekannt. Ich stelle fest, dass hinter dem Sandstrand überall dichter Urwald anschließt. Heute wage ich mich in den Wald mit nichts weiter als einem alten toten Ast vom Strand als Stütze und um die überhängenden Äste weg zu biegen. Schon bald sehe ich einen Felsgipfel aufragen. Er wird mein erstes Ziel. Insekten zerbeißen meine Haut, holen sich Blut und hinterlassen juckendes Gift. Pflanzen zerkratzen meine Haut und zerreißen das bisschen an Kleidung, das mir bleibt. Der Mund ist ganz trocken, als sich in einer kleinen Lichtung ein Blick auf den Gipfel auftut. Irgendwelche Tiere schreien auf, so als ob sie mich jetzt entdeckt haben. Dann Stille. Tatsächlich etwas Nebel rund um den Gipfel. Ich entdecke ein Bachbett, das mir den Aufstieg erleichtert. Ich trinke, das Wasser schmeckt ganz leicht nach Laub. Krabben flüchten sich unter Steine, ein paar kleine Fische ebenso. Unglaublich viele kleine Frösche springen auf und weg, sobald ich mich ihnen nähere. Eine Felswand versperrt den Weg, denn hier stürzt der Bach in einem sieben oder acht Meter hohen Fall. Das Tal ist so eng, dass ich hundert Meter zurück gehen muss, um einen riesigen Umweg nehmen zu können, der mich fünfzig Meter über dem Wasserfall weiter bringt. Nach und nach klettere ich wieder ins Tal hinab. Hier hat sich Schotter angeschwemmt und das Wasser steht fast, ist angestaut, darin lange grüne Algen, die sich leicht in der Strömung bewegen. Die Wände der Schlucht ragen steil hinauf, und es gibt eine Kurve nach rechts, wo sich die Schlucht in zwei Schluchten trennt. Ich nehme die linke, die nach hundert Metern wieder scharf nach rechts schwenkt, um Ausblick auf einen etwa zwanzig Meter hohen Wasserfall zu geben. Die Felsen steigen so steil auf, dass nur die Umkehr bleibt. Dann die andere Schlucht dann entlang, über große Steine dann weiter bis zu einem riesigen

Fels, am gegenüberliegenden Ufer ein riesiger Baum, in dessen Schatten eine Ziegenherde steht. Ein riesiger schwarzer Bock (seine riesigen Hörner) sitzt direkt neben dem Baum und blickt mich wie die anderen 30 Ziegen an. Ich, eine Versteinerung. Eine Minute stehen wir da, und da umgehe ich die Herde so weiträumig wie möglich. Einige Geißen steigen die Felswände mit imponierend zügig hoch. Ich lasse die Ziegen hinter mir, um nach fünfzig Metern vor einem neuen Hindernis zu stehen: die Schlucht verengt sich so, dass ich nur noch im Bachbett weiter komme, die Felswände sind überhängend und feucht. Ich ziehe Kleider und Schuhe aus und lege sie mit meiner Tasche da in eine Felsnische. Ich springe in den Bach, der sich hier in einem mehreren Meter tiefen Bassin beruhigt und schwimme die zwanzig Meter aufwärts, dort, wo der Lauf zwischen zwei Felsen hervor pirscht. Die Steine sind so glitschig, dass ich aufgebe, hier mache ich kehrt. Ich springe ins Bassin zurück und tauche ein paar Züge. Ich tauche neben der Felswand auf, von der sich dutzende der kleinen Frösche vor mir ins Wasser retten.

Vielleicht ist Ikaros da vorne in sein Wassergrab gestürzt, deutet Yannis ins Meer. Auf der Flucht vor König Minos. Zusammen mit seinem Vater Daidalos. Dem Labyrinth entflohen, aber weiter Athenes Rache ausgesetzt. Sie hatten sich Federn mit Wachs an Armen und Händen befestigt und so Flügel geformt. Du weißt, er kam der Sonne

zu nahe, obwohl ihn sein Vater warnte. (So rächte Athene den Tod des Perdix, des Neffen von Daidalos, den dieser aus Neid auf seine Erfindungen 16jährig ermordete.)
Jedenfalls hat Ikaros der Insel und dem Meer ringsum seinen Namen gegeben.
Die Toten der letzten Monate waren alle ohne Namen. Und wem oder was waren sie zu nahe gekommen?
Das Mädchen lag hier mitten am Strand, mit dem Gesicht nach unten, erzählt Yannis, als wir an der Brandung spazieren, nach einer minutenlangen Pause. Was mich noch mehr schockierte, war, ... dass die Hände ... so nach oben verdreht waren. Und er dreht die Hände nach oben und zieht die Finger zu Fäusten, sodass sich die Knochen hell unter seiner dunkelbraunen Haut abzeichnen. Jemand klammert sich fest an einen Strick. Das Mädchen war etwa 10 Jahre alt. Der andere Angeschwemmte des 19. Dezembers war ein etwa 20jähriger Mann, berichtet er weiter.
Die nachfolgenden Winterstürme brachten jeden Tag etwa ein Dutzend Schwimmwesten. Außerdem war der Strand übersät mit Medikamentenpackungen wie Amoxipen, Spandoverin und Diclopinda: also Antibiotika, Schmerzmittel und Tabletten gegen die Seekrankheit. Einmal fand ich einen weißen, plüschenen Hotelpantoffel des Istanbul Holiday Hotels, überzogen mit dutzenden schwarzen stacheligen Samenkörnern und schleimigen

grünfädigen Algen. Wie nutzlos ist das alles in der stürmischen Ägäis, vor allem in Booten, die nicht seetauglich sind. Die Insel ist viel zu weit von der türkischen Küste entfernt, alsdass hier solche Boote überhaupt ankommen könnten. Aber durch die isolierte Lage in der Ägäis, zwischen Samos und Xios im Osten und Norden und Kreta im Süden, fungiert die Insel wie ein riesiger quergelegter Rechen aus Fels, 40 Kilometer breit in der stürmischen Strömung, die im Winter von den Dardanellen entlang der türkischen Küste und durch die Ägäis nach Kreta im Süden zieht.

Am 5. Jänner wurden weitere Leichen angeschwemmt. Eine war eine Frau in den Zwanzigern. Sie war komplett nackt, erinnert sich die Ärztin Thea. Die griechischen Gesetze verlangen eine Autopsie nach jedem unnatürlichen Tod. Sie war ein fürchterlicher Anblick, denn obwohl sie Arme und Beine hatte, fehlte ihr das Gesicht. Keine Haut, kein Fleisch, nur der blanke Schädel. Sie hatte einen riesigen Bauch wie eine Schwangere. Sie war aufgebläht von ihren verrottenden Eingeweiden. Die Ärztin schätzt, dass sie etwa zwei Wochen im Wasser war, bevor sie der Sturm vom Meeresgrund hier an die Küste brachte. Es werden dann immer DNA-Proben genommen. Manchmal finden sich so Verwandte.
Die offiziellen Statistiken sprechen von 3771 Toten nur in den griechischen und türkischen

Hoheitsgewässern im vergangenen Jahr. Diese Zahlen spiegeln aber nur einen Teil der Realität wieder. Denn wenn wir die Anzahl der Schwimmwesten hernehmen, sagt Thea, ohne den Gedanken weiterzuführen.

Es gibt jetzt Gerüchte, wonach sich die Fische von Flüchtlingsleichen ernähren, erzählt der Fischermann Gorgos. Er verliert immer mehr Kunden. Sie verzichten auf Fisch, solange so viele Menschen hier ertrinken. Etwas in meinem Magen zuckt. Plötzlich liegt mir der Hai von vorgestern schwer wie ein Stein darin. Aber was kann so ein Konsumstreik schon bewirken? Gorgos hält für sehr wahrscheinlich, was alle glauben: dass die meisten Leichen gar nicht angeschwemmt werden, weil sie sich im scharfspitzigen, felsigen Meeresgrund und in den Spalten und Höhlen der Küsten verfangen. Und dort verwesen und von den Fischen angefressen werden. In den Netzen des Fischers finden sich Schwimmwesten, Rucksäcke mit Mobiltelefonen und Dokumenten, Kleidungsstücke und andere Gebrauchsgegenstände. Ihre Besitzer hat er nie gefunden, obwohl er immer wieder das Meer absuchte, um jemanden zu retten, sobald er etwas fand. Er schaut mich lange verzweifelt an, senkt dann den Blick und schüttelt den Kopf.
Immer, wenn ich den Meereshorizont sehe, suche ich ihn unwillkürlich nach Objekten ab. Und wirklich, am Balkon einer Taverne, mitten in einem heißen Nachmittag, gleißt das Meer

weißgolden, der Horizont ist verschwunden, denn das Meer geht einfach in den Himmel über, und ein schwarzer Punkt bewegt sich langsam darin. Ich zeige den Punkt aufgeregt der Kellnerin, spreche sie auf Englisch an, mit dem Zeigefinger deute ich ins Meer hinaus, aber sie sieht nichts, versteht nicht, um dann plötzlich ins Haus zu laufen und mit einem Feldstecher zurückzukehren. Sie kann mich überzeugen, dass es ein Fischerboot ist, die typische Kabine zeichnet sich eindeutig ab. They use a net, sagt die Kellnerin, die mit dem Zeigefinger ins Meer deutet und ebenso erleichtert scheint wie ich.

Meldungen in den Medien, dass im Schiffswrack von Antikythera ein Skelett gefunden wurde. Manche Medien mutmassen nun, dass womöglich der Erfinder des sogenannten Mechanismus‘ von Antikythera gefunden wurde. Eine DNA-Analyse wurde veranlasst. Der Mechanismus ist ein Apparat aus bronzenen Zahn- und Ziffernrädern, über dessen genauen Zweck gerätselt wird. Wahrscheinlich eine astronomische Uhr.
So unterschiedlich werden die Toten behandelt: die einen werden in Kauf genommen. Und die anderen kommen – zu wissenschaftlichen Zwecken – unters Messer.

Es ist tiefe, dunkle Nacht und ich warte im Schein einer der wenigen Straßenlampen hier. Der Wind ist stark, er peitscht das nahe Meer auf. Die Sterne sind gut sichtbar, ganz stark und

klar, der Wagen, der Große Jäger. Das W.
Ich weiß, dass James schon munter ist, denn in dem Häuschen, in das er sich eingemietet hat, brennt Licht. Es steht da dreihundert Meter Straße den Hügel hinauf. Eine Zigarette angesteckt, und schon sehe ich die Lichter eines Autos den Hügel runter fahren. Das Auto nähert sich mir, bremst ab, aber der Fahrer will nur sehen, wer hier um 5 Uhr früh steht und fährt wieder weiter. Außerdem hat James einen modernen Metallicé-Mietwagen und nicht so eine alte, farbstumpfe, rostige Karre, die typisch für einen Inselbewohner ist. Im dritten Auto ist James. Er bremst rasant ab. Er meint wir sind sehr spät.
– Okay, I must use my chance to overtake, sagt er ein paar Minuten später kurz vor einer scharfen Kurve. Es folgt eine Rennfahrt im Morgengrauen bis zur Hafenstadt. Er gibt das Auto zurück, das dauert nur zehn Sekunden. Wir sind fünfzig Minuten zu früh und stehen rum. Auf der Fähre schlafe ich sofort ein.

Zurück in Piräus, nehmen wir die Metro in die Stadt. Bei Monastiraki steigen wir aus und setzen uns in der Nähe in eines der Cafés. Dann verabschieden wir uns mit einer Umarmung. Zurück in der Ubahnstation fallen mir zum ersten Mal an den Werbeprojektionen die MISSING PEOPLE auf, um den Aufenthalt oder das Schicksal von in etwa zehn Personen herauszufinden. Alle sind Geflüchtete. Die

ΚΩΝΣΤΑΝΤΙΝΟΣ
ΒΑΣΙΛΕΥΣ ΤΩΝ ΕΛΛΗΝΩΝ

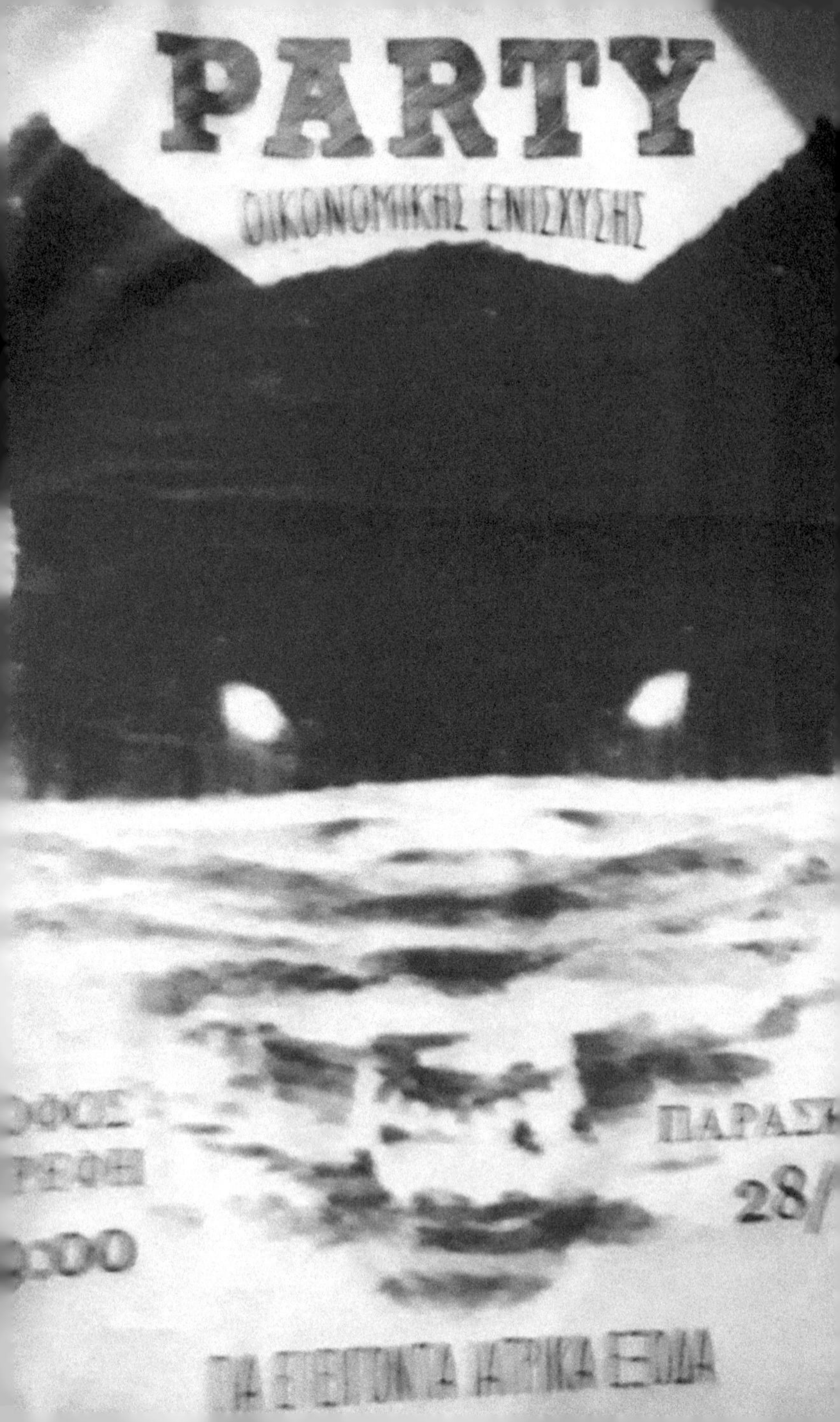
PARTY
ΟΙΚΟΝΟΜΙΚΗΣ ΕΝΙΣΧΥΣΗΣ
ΠΑΡΑΣ
28/

SAT. 1
event
a music
SYCHEDELIC TRANC
ZERO . JUNIOR X . TEO . Dr
. SISS
POS

ΟΙΚΟΝΟΜΙΚΗΣ ΕΝΙΣΧΥΣΗΣ ΓΙΑ ΤΗ ΔΗΜΙΟΥΡΓΙΑ
ΑΥΤΟΟΡΓΑΝΩΜΕΝΗΣ ΠΟΔΟΣΦΑΙΡΙΚΗΣ ΟΜΑΔΑΣ ΣΑΛΑΣ
CONCORDIA
INDICO
ΚΡΑΤΑΡΑΜΜΕΝΟ ΣΤΟΜΑ
ΜΥΑΛΑ ΠΙΘΗΚΟΥ
ΠΑΡΑΣΚΕΥΗ 19/0
ΕΝΑΡΞΗ: 21.00 ΑΥΣ
ΔΙΟΓΕΝΗΣ ΟΛΥΜΠΙΑΚΟΥ ΧΩΡΙΟΥ
ΛΕΡΩΜΕΝΑ ΓΟΝΑΤΑ - ΚΑΘΑΡΕΣ ΣΥΝΕΙΔΗΣΕΙΣ
ΚΑΛΛΙΔΡΟΜΙΟΥ

Diashow ihrer Gesichter und Namen. Mit einem Zeitstempel: LAST SEEN.

Die Blüten des Kissos fallen. Das satte Orange wird braun oder zu einem weißlichen Lila. Und dann fallen sie ab von den Lianen und verbraunen und welken schnell. Der Wind raschelt sie zu Staub. Ich trete hinaus in den kühlen Abend, und plane den Abschied für die nächsten Tage.

[News und Tratsch in der Stadt. Jemand gab sechs Schüsse auf das Parteiquartier der PASOK ab. Niemand wurde getroffen.]

[Der Streik der Metromitarbeiter gegen die Privatisierung der Metro. Auf der Demo wird ein trojanisches Pferd mitgetragen.]

[Zeitungsartikel wie: Im großen Park, nicht weit vom Ausgang zum Ägyptischen Platz, wurde gestern früh vom Parkwächter die Leiche einer 32-jährigen Frau gefunden. Laut den Papieren, die sie bei sich trug, war sie eine Syrerin im Asylverfahren. Die Behörden gehen von Mord oder Totschlag aus und ermitteln.]

Hafenmaterial

Je näher die Gestalten kommen, desto klarer werden ihre Umrisse und ihre Absichten. Als seien sie geradewegs einem Alptraum entsprungen, unterstreichen sie durch ihr immer wieder doch verständliches Gegröle ihre realen Absichten: Zecken ausräuchern! Rotes Drecksnest weg! Sie setzen sich immer mehr ab vom dunstigen Nebel des Novemberabends. Es sind nur wenige Personen auf dem Gelände da im Osten des Hafens: eine Horde jugendlicher Vorarlberger Skinheads auf der einen Seite, etwa ein Dutzend, direkt am Anfang des etwa 100 Meter breiten Parkplatzes und drei Bewohner des Areals am anderen Ende, zusammen mit ihren drei Hunden. Weil er gerade aus dem Fenster blickt wird ein Bewohner beim sogenannten Flughafengebäude zufällig Zeuge der Szenerie und ruft noch ein paar Leute zusammen, um auch auf den Parkplatz zu laufen. Einer der Bewohner am Parkplatz, der zufällig mit seinen beiden Dobermann-Hunden dort steht, erkennt die Lage, spricht sich kurz mit den anderen ab und sie attackieren die Skinheads mit Hölzern und allem was am Areal so rumliegt. Sie laufen ihnen zu dritt mit den drei bellenden Hunden entgegen, als hinter ihnen fünf weitere Bewohner mit zwei weiteren Hunden am Parkplatz erscheinen. Die Skinheads ziehen sich darauf fürs erste zurück.

Im Turm fand E. die Akten aus der Kriegszeit:

Namenslisten der Zwangsarbeiter aus Frankreich, Polen, Holland, Belgien, dem Protektorat usw; alle angeführt mit Namen, Eintrittsdatum, eventuellem Austrittsdatum und Nationalität. Dazu die ganze Buchhaltung, zigtausende Reichsmark, wieder Listen, oft sogenannte Schnellbaukits für Baracken, Schuppen usf.: ein riesiger Haufen aus schwarzen Ordnern, darin vergilbtes Papier mit Frakturschrift und Currentvermerken, alles einfach auf einem Haufen. Im Schrankenwärterhäuschen fand D. Gasmasken und längsgestreifte Arbeitskleidung, Jacken und Hosen.

Der Herr von der Getränkesteuer nahm seine Überprüfung eines Vormittages im Büro vor; stundenlang studierte er die handgeschriebenen Aufzeichnungen, und schließlich stellte der Bürokrat eine Rechnung aus, nahm das Geld entgegen und quittierte die Übernahme. Die Poliziei kontrollierte Meldezettel und verteilte RSA-Briefe am Abend, während andere Polizisten später, – nachts – die Sperrstunden in einem buchstäblich stets offenen Haus suchten. Das Magistrat kam einmal vorbei und beanstandete eine fehlende Hausnummer. Die Post stellte stets ohne Hausnummer zu.

Der Indianer und der Zustand lieferten sich ein mehrtägiges Duell am Gelände, wo, in der Nähe des Feuerplatzes, der Indianer unterlag: er bekam mit den stahlbesetzten Stiefeln in den Magen getreten. Der Sieger war Sieger, und der Indianer wanderte nach Südeuropa aus.

In einem Traum wurde ich auf dem Müllberg, der sich nach zwei Jahren durch diverse Gebäudeschleifungen am Gelände erhob, zwischen den nicht allzu erträumten Ratten munter, in meiner Hand eine Stromgitarre. Ich sang Lieder im Sonnenuntergang, bloß es war schon Nacht; ich träumte damals auch vom Krieg auf auf den Eisklippen von Kaspar David Friedrich, auf ganz dünnem Eis, aus dem sich Müll emporschob wie andernorts die Lava aus der Erde. Wenn schon dünnes Eis: wieso nicht darauf tanzen? Apropos Eis, apropos Winter: er nahm alles in Besitz, die Stromnetze, die Hauswände, die Fußböden, die Sitzungen, ja die Menschen selber etc. etc.

Wir nannten sie einfach die „Sandler“, die Obdachlosen, die sich im Stiegenhaus unter der Treppe eingenistet hatten. Im Winter zwischen den Ratten kochten sie Glühwein, den man dann im ganzen Haus roch. Manchmal sangen sie ihre Lieder. Ihre Streitereien im Suff waren laut und brutal.

Die Kinder hatten Sch. an einen Stuhl gefesselt und tanzten um ihn; ich weiß nicht, wer ihm seinen Bart zu einem Hitlerbärtchen zurechtgestutzt hat, in einem Mantel wie Napoleon, als der Winter kam; er fletschte die

Zähne wie eine Katze. Ein paar Monate nach dem Skinheadüberfall, im November, wurde im ältesten Haus, neben der Konzerthalle, ein Feuer gelegt, das Stockwerk über der Havenbar fackelte ab, das Dach blieb bis zur Schleifung des Gebäudes 1993 schwarz angesengt, die Räume unbewohnbar. Schon einen Tag später wurden die Halle aufgebrochen, die Fenster zerborsten und Schlösser heraus gebrochen, schließlich wurde der Turm mit der PA-Endstufe einfach von den Boxen abgeschnitten und geraubt. Zurück blieben die riesigen blauen Turbosoundboxen, mit den abgeschnittenen Kabeln und zerstörten Hochtönern. Am nächsten Abend, in den Brandspuren (es roch überall noch speckig-rußig nach Feuer), mit improvisiertem PA-technischen Setup, spielte schließlich Eliott Sharp zum ersten Mal am Hafen.

Zu einer Zuspitzung der Ereignisse kam es rund um ein Fußballspiel des mit einer eher linksgerichteten Anhängerschaft ausgestatteten Vereins Wacker Innsbruck gegen einen mit einer eher rechtsgerichteten Anhängerschaft ausgestatteten Verein aus Italien oder Deutschland im Zuge irgendeines Europacupspiels. Im Vorfeld kam es zu Ankündigungen und Aufrufen bei dieser Gelegenheit gleich das rote Schmutznest Haus am Hafen auszulöschen. Ein paar Tage stand das Areal unter Polizeischutz, und die zahlreichen Anrufe bei der Polizei ließ diese ein paarmal

anmarschieren, ein Dutzend Polizeiautos mit ein paar Dutzend herausspringenden Polizisten, sie sprangen zu uns Wartenden in die Küche, dem atemlosen und aufmerksamen Gesicht des Polizeioffiziers streckten wir unsere verunsicherten und atemlose Gesichter entgegen, wir hatten allerdings niemanden bemerkt, wir hatten niemand verständigt, die angekündigten Hooligans blieben diesmal dem Areal fern.
Wie ein Magnet zog der Platz auch allerlei Idioten an, und löste bei ihnen noch idiotischere Aktionen hervor. Einer schoss mit einem Luftdruckgewehr auf die Ruinen, was zur Erstürmung des Flughafengebäudes durch das Mobile Einsatzkommando führte, allerdings erst etwa drei Stunden später. Bis auf eine genehmigte Gasdruckpistole wurden keine Waffen gefunden, der Schütze war mit seinem Luftdruckgewehr schon lange weg, weil er kein Bewohner war. Die drei anderen Häuser am Areal, etwa 100 Meter entfernt, waren erst gar nicht erstürmt worden, wobei dort mit absoluter Sicherheit auch keine Waffe gefunden worden wäre.

Das Material sondert sich einfach von den Gedankenströmen ab, bleibt liegen, wie Felsbrocken in den Wiesen, nachdem sich der Gletscher/Ferner zurückgezogen hat. Ein mäanderndes Muster, das immer wieder durchbricht.

Schiffsfragment

Was für ein schönes Schiff sie doch war. Das Schiff sollte allen gehören, zu gleichen Teilen. Da lag sie im Trockendock, die Santa Precaria, und wir überholten sie. Wir schrubbten die Muscheln und Algen vom Rumpf und gaben ihr einen neuen wasserdichten Anstrich in tiefem Schwarz, das sollte sie nachts fast unsichtbar machen. Ein Stealth-Schiff sollte sie sein. Und schwarz, in dieser Gegend, war und ist wohl auch tagsüber eher unauffällig. Weiters unauffällige Rettungsringe. Weiße und schwarze Segel, je nachdem. Mit 30 Kanonen. Die Haupthäfen wollten wir erobern oder zumindest kanonieren. Wir wollten das Monopol zerstören, uns alle befreien. Dazu besorgten wir Sender, so verrückt das jetzt klingt. Und wir sendeten. Und jeder, der da irgendwo an einem Radioapparat zur richtigen Stunde auf der richtigen Piratenfrequenz war, konnte mithören. Meist zogen wir mit dem Funken sofort die Aufmerksamkeit der Küstenwache auf uns, aber die Santa Precaria ist immerhin eines der schnellsten Schiffe der Sieben Meere und: Stealth. Die Statue am Kiel war aus einem einzigen Stück Kirschholz gefertigt, drei Meter lang. Es war überhaupt ein Holzschiff, kein einziger Nagel verbaut, kein Stück Metall. So war es elektromagnetisch neutral. Mal in die eine Bucht, mal in die andere Meeresströmung. Das Meer war schon damals voll mit Refugees, damals nannten wir sie wegen ihrer Boote Boat People. Nichts ging damals schon so leicht über die Grenzen wie Geld. Spurlos. An den Adressierungkapazitäten von Zahlenräumen kann die Anonymität bestimmter Geldflüsse nicht liegen, meinte ein Bekannter. Also sagten wir zu dem alten Käptn: „Erst wenn wir auch dein Tagebuch lesen dürfen, und das Logbuch und die Funksprüche, erst dann darfst du unsere Tagebücher lesen.“ Er winkte sofort ab. Das war eine psychologisch wichtige Grenze. Aber eigentlich waren Kapitäne nicht mehr vorgesehen.

Was für ein schönes Schiff sie war. Niemand weiß mehr, warum sie nie in See stach. Segelschiffe gibt es nur mehr auf der alten Donau. Inzwischen fahren ja alle mit Schweröl. Seit Lehman-Brothers ist der Erdölpreis im Keller, dann kam der Arabische Frühling...es war nur mehr das Fragment eines Schiffes, ein Schi[ff] sozusagen, in dem Bewohner ihren Müll ablegten. Schließlich übernahmen Ratten das Fragment, das von Schlingpflanzen schon überwachsen war. Das Fragment müsste noch irgendwo zu finden sein.

Hypermarché

Ich betrete einen Hypermarché österreichischer Ausprägung. Draußen ist Hochsommer, 33 Grad und der Himmel makellos blau. Hier im Einkaufszentrum, wohltemperiert, die Leute tummeln sich durch die Gänge, wahre Ströme prägen sich aus, und in den Händen der Konsumenten die Endpunkte der Warenströme. Über ein Drehkreuz wird mein Betreten registriert. Abverkauf für den Urlaub: eine Drei-Meter-Kiste, darin hunderte Bücher hineingestreut, Grusel, Thriller und Science Fiction. Daneben Frottee-Handtücher, Aktion im Dreierpack. Kühlschränke und Ventilatoren in Aktion.

Der ganze Hypermarché ist in Plastik gehüllt, nicht in große Planen à la Christi, sondern indirekt über die Verpackungen der Waren. Obst und Gemüse auf einer zwanzig mal zwanzig Meter großen Fläche präsentiert. Die Reflexionen des Plastiks über die bunten Früchte. Die Muster der geschlichteten Ware, die 2-litrigen Waschmittel, die 0,5-litrigen Dosen der Limonaden und Biere. Die Muster der Dosen und Konserven. Die dunklen Gänge des Rotweins, die leuchtenden des Weißweins, des Champagners und die bunten Gänge der Spirituosen.

Auf einer noch größeren Freifläche präsentiert sich das Fleisch fast unförmig hinter Glas. Dutzende Fische liegen auf Eis. In Aquarien die letzten Stunden von Krebsen und Hummern. Die uniformierten Bedienerinnen hinter den Tresen. Im Milchgang schreit ein kleines Mädchen laut auf, weil offensichtlich eine gewisse Joghurtsorte ausverkauft ist. Der Vater ist ratlos. Ich interveniere und deute zum Konkurrenzprodukt auf der anderen Seite des Gangs. Über ein Reizwort – Cambridge Analytica – , eingestreut als: Naja, jetzt im Zeitalter von Cambridge Analytica! - kommen wir ein wenig ins Gespräch.

– Niemals war ich da dabei, niemals werde ich da mitmachen, meint er, und dass er vom Fach ist, sich auskenne.
– Es ist ja gut und schön und wichtig, dass wir uns alle verknüpfen. Zu einem World Brain, oder gar der Singularity von Kurzweil. Aber solange dahinter die zentralisierte Macht einer Firma steht, deren Antrieb und Aufgabe das Maximieren und Ausschütten von Gewinnen ist, sind wir alle verloren.
– Ich hoffe ja, Facebook wird das nächste MySpace.
Kichernd verabschieden wir uns nach diesem Fluch.

Ich stelle mir vor, wie sich all die Waren aus dem Hypermarché entfernen. Manche in Autos, andere in Taschen, hineingetragen in diverse Metros und Trams. Über wahrscheinlich Dutzende Kilometer verteilt. Und dann der weitere Weg der Verpackungen. Wieviele davon im großen Fluss landen, und wieviele davon wohl

im Meer ankommen, hunderte Kilometer stromabwärts. Manches wird noch Jahrzehnte lang irgendwo im Freien verrotten, während ich selber schon Asche oder Wiese oder Meer sein werde, wer weiß. Die großen bunten Flaschen der Weichspüler und Waschmittel sind mir besonders unheimlich.
Da im Kaffeegang bin ich immer. Die Quader der Packungen wie hochgestellte Ziegel. Nirgendwo gibt es so günstigen italienischen Kaffee, der in der Espresso-Maschine so gut hochsteigt. Ich kaufe für Wochen vor.

Es war mal hier, am Anfang des Milchganges, dahinter das große Käse-Areal, als ich von einem der Promoter auf Heidelbeerjoghurt angesprochen wurde. Alles Bio, mal einfach kosten, schon hatte ich 80 Gramm Joghurt, mit Bio-Heidelbeere aus dem Waldviertel, in einem extrakleinen putzigen Probebecher in der Hand.
– Bio, Bio. Wenn alles Bio ist, was ist denn wirklich Bio?
Wir kommen ins Gespräch. Wie das heutzutage so ist. Cambridge Analytica. Die Manipulationen. Überhaupt Lügen. Alles Lügen. Als Beispiel zog der Promoter Krimis heran, vor allem die Darstellungen des Schusswaffengebrauchs. Dass es keinen Sinn mache, sich hinter einem Auto zu verstecken, weil ein Auto nur im Idealfall – wenn der Schuss im Motorblock stecken bleibt – Schutz bietet. Und das sei selten. Der Promotor, der da vor seinen Bio-Joghurt-Stand gestikulierte, die

jüngere Frau daneben still, war damit bei einem Thema, das ihn faszinierte: Schusswaffen. Manche Gewehre schießen durch Wände. Über einen Kilometer könnten Sniper ihr Ziel treffen. Ich müsse doch auch einmal Schießen gehen, ob ich auch einmal mit in den Keller kommen würde, er könne mir seine Pistolen zeigen.
Ich blockte nun ab, verwies auf meinen Pazifismus und meiner Ablehnung von Waffen. Nun ging das Gespräch in eine andere Richtung, die den Promoter nicht weniger enthusiastisch machte, und an einer Stelle machte er Halt in seinem sich überschlagenden Vortrag: als er darauf verwies, dass der Staat ja nichts anderes als eine Firma sei, ob ich mir dessen bewusst sei? Ich musste verneinen. Der Staat war ja per Definition keine Firma. Ich fing zu lachen an. Und ging schnell weg.

Im Gang mit den Waschmitteln musste ich nochmals laut auflachen. Einen waschechten Staatsverweigerer im Hypermarché getroffen. Die riesigen bunten Flaschen der Waschmittel. Wenn ich verrottet bin, werden ihr noch fast unversehrt sein, bedachte ich sie.
Vor den Ausgängen die Schlangen. Ich suche die kürzeste. Bei dieser Kassa darf keiner mehr als acht Artikel haben. Etwa zehn Leute vor mir. Das Piepsen der Kassen bei jedem Artikel. Ein anderes, belohnend melodiöses bei Kartenbezahlung.
Ja, früher am Land. Bei Obst, Brot und Fleisch

wurde ich bedient. Damals waren Stanitzel und Wurstpapier im Einsatz, das Plastik kam zusammen mit den Plastikflaschen in den 1980ern. Der Kaufmann trug die Summe in ein Buch ein. Monatlich wurde abgerechnet. Inzwischen sind Quasi-Echtzeit-Kartensysteme im Einsatz. Die Kreditlaufzeit, das Erhalten der Ware auf Pump, die Zeit bis zur Abzahlung schrumpft zusammen von einem Monat auf ein paar Minuten im Hypermarché.

Draußen vor dem Einkaufszentrum schwere Hitze. Ein paar dunkle Wolken türmen sich da im Westen an den Bergen auf, doch wohl zu wenig für eine Entladung. Die Gedankenkette Hypermarché bis zur Erderwärmung: (angenommene) Unendlichkeit des Wachstums, dauerndes Verbrennen von Kohlenstoffen, ewige Flamme hinter den Wellen des Atmens. Die Hitzwelle, dazu die sogenannten extremen Wetterphänomene (Ausbleiben des Frosts, Zusammenbruch des Golfstroms usf.) als Gradmesser des Hyperkapitalismus: zum Beispiel am 1. August 2018 in Wien 37 Grad Celsius im Hypermarché.

Die orange und rot gefärbten Prognose-Landkarten, die Verteilung der Hitze. So wird das Klima in Wien im Jahre 2048 vergleichbar mit dem von Athen im Jahr 2018 sein. Athen selber wie das heutige Kairo. Manche Städte im Nahen und Mittleren Osten werden im Sommer

2048 um die 50 Grad haben, dazu existieren noch keine Vergleiche.

Dunkler

Einher mit bleierner Müdigkeit untertags und unterbrochenen Schlafphasen nachts ein Journal der Zerstörung und des Scheiterns. Das Licht in der Küche geht abrupt aus. Die Lampe muss umständlich gewechselt werden. Die Waschmaschine herbeigezogen und darauf noch den massiven, hölzernen Koffer der Sandur gestellt – einer Art Hackbrett aus dem Mittleren Osten, im Detail aus dem Iran. Da rauf geklettert und neue Birne hineingeschraubt. Es gibt wieder Licht. Ein paar Stunden später: In aller Früh zum Bankomat, die Karte hinein. Der Automat stürzt ab mit der Meldung „Dieses Gerät ist ausgefallen." Draußen erstmals unter zehn Grad in diesem viel zu warmen November. Tatsächlich setzt auch feuchter, rauchig dichter Nebel ein, und plötzlich ist es um fünf Uhr Nachmittag bei einer Rauchpause im Job dunkel und die Nacht setzt ein. Im Job stürzen die Computerprogramme ab und mein Blickfeld verdunkelt sich immer wieder, wallt konzentrisch rot pulsierend auf, weil ich meine Augen verzweifelt in die Handfläche presse. Es dunkelt mich ein.

Graz-Museum macht „Lager V" wieder sichtbar
https://steiermark.orf.at/tv/stories/2947140
In einer neuen Ausstellung wird die Geschichte der NS-Zwangsarbeit in Graz aufgearbeitet. Im Lager Liebenau („Lager V") wurden unzählige

Menschen getötet – das Graz-Museum macht dieses dunkle Kapitel jetzt wieder sichtbar.
Wo einst Baracken standen, stehen jetzt Wohnhäuser und öffentliche Einrichtungen: Bei Grabungen für das Murkraftwerk stießen Bauarbeiter im Frühjahr 2017 auf Mauerteile und eine Treppe, die zum Lager Liebenau gehörten. 1940 als „Lager V" gegründet, war es das größte Zwangsarbeiterlager der Nationalsozialisten in Graz – mehr dazu in NS-Luftschutzgang bei Bauarbeiten entdeckt (16.5.2017).

Ich lese das und wieder dieses Bild, dass die Toten herauskriechen aus der Erde, weil sie sich nicht verscharren lassen wollen. Ich zittere.

Nach der anstrengenden, und eben in dieser Anstrengung immer öderen, den Kopf verdunkelnden Bürozeit entlang des souveränen Dahin des Donaukanals, die bunten Lichter der Lokale, der blau und rot beleuchteten Brücken, ein blaues Blaulichtdouble knattert. Ein Boot fährt den Kanal hoch. Es ist rot lackiert, die weißen Lettern Feuerwehr sind riesig ausgeführt. Es dreht sich heran und an mir vorbei. Und dann, nach einer guten Viertelstunde bunter Lichtreflexionen auf den feinen Strudeln des schnell fließenden Wassers, abgebogen in die orange düstere Tristesse einer Straße. Vielleicht besser sehen im Dunkel. Sinne schärfen. Etwas erkennen.

Nach dem Job wie so oft in einen Supermarkt. Einer der Artikel lässt sich nicht einscannen.

Die Tristesse endet vor meinem Haus, wirft sich noch zu mir ins Zimmer. Und just in dem Moment, als ich in den Lichtkegel der Lampe trete, die angehängt an Drahtseilen über der Straße hängt, ermattet dieses Licht für ein paar Sekunden und fällt dann gänzlich aus, bis auf einen orange glimmenden Faden, da über meinem Kopf.

Während es immer dunkler wurde, weil die Nächte so wuchsen, jeden Tag ein paar Minuten mehr, blieben die Temperaturen für gute vier Wochen moderat. Fast jeden Tag zeigte sich herbstblauer Himmel. Dazu die immer tiefer und stärker werdenden Farben des Herbstes. Erste Tage in tiefem, undurchsichtigem Nebel. Dann, von Freitag auf Samstag über Nacht, stürzten die Temperaturen unter Null. Zuvor drei Stunden im Sessel vor dem Laptop gechillt und dann hastig, mit der Hektik der Verspätung der Weg quer durch die Stadt. Fahrten mit U- und S-Bahn. Der kurze Fußweg zur bekannten Tür, die Klingel mit der wohlbekannten Nummer drücken. Dann nichts. Keine Reaktion. Ein paar Schritte auf den Bürgersteig bringen die dunklen Fenster der Wohnung ins Blickfeld. Ein Missverständnis.

Ich mache ein Blutbild. Im Befund wird ein massiver Mangel an Vitamin D ausgewiesen.

Und nun, Monate nach diesen Notizen, werden die Äcker um den Kreuzstadel von Rechnitz aufgegraben, um ein Massengrab zu finden, nach Jahrzehnten der Vertuschung.

Verwandlung

μεταμόρφωσις;

Habe ich das alles nur geträumt? Jedenfalls schleppten wir den José in eine Grube. Nein, deine Schwester tat das, denn José war ja der ihrige. José war eindeutig tot. Dann brachten wir beide José um, noch einmal, eine weitere Irrationalität des Traumes, so tat ich das ab, im Traum selber noch. Alles egal, ist ja nur ein Traum. Es gibt dazu keine Details, jedenfalls habe ich keine mehr, und jedenfalls lag er tot da, zwischen uns. Nur die Bilder bleiben, wie wir ihn in die für ihn vorgesehene Grube legen, die so eng ist, dass seine Schultern zusammengedrückt werden von der Erde links und rechts von ihm und seine Hände auf seinem Geschlecht zu liegen kommen. Die Erde ist wie von einem Rasiermesser aufgeschnitten, so glatt ist sie mit ihren vielen hell- und dunkelbraunen Schichten zu sehen. Nur diese Bilder und die große Verzweiflung des Todes: Etwas, das nicht mehr ungeschehen gemacht werden kann. Etwas, das nicht zu fassen ist. Ich heule, das Kinn zieht sich nach unten, um auch mitzuweinen. Kurz muss ich innehalten. Ich darf genau einmal laut schluchzen, denn wir müssen jetzt schnell weitertun. Später! Weiter! Und vor allem müssen wir dann das Alibi – verstehst du, wenn sie uns fragen, immer nur das Alibi. Wir fangen an, ihn einzubuddeln, ich nehme eine kleine Schaufel, wie sie Hobbygärtner verwenden, so groß vielleicht wie eine Hand, eine stählerne Klaue nehme ich zur Hilfe, um José einzubuddeln. Ich träufle Erde auf sein Gesicht. Und auch du träufelst Erde auf sein Gesicht, und plötzlich – ohne Übergang – ist das mein Gesicht. Wir begraben mich selber. Ich blicke entsetzt zu dir, aber du bist schon verschwunden, dafür gibt es gerade einen Großeinsatz der Polizei mit Blaulicht, Megaphondurchsagen, sie rennen plötzlich überall rum und alles wird gefilmt, weil überall plötzlich Fremdlinge sind. Alien alarm, alien alarm! Irgendwelche Blauuniformierten packen mich entschlossen an den Oberarmen, aber durch ihr kräftiges Zupacken löse ich mich buchstäblich in Luft auf, ich werde zu graugelbem Staub – wie Asche – in ihren Händen und auf ihren Kleidern. Welch guter farblicher Kontrast. Und ihre Blicke erst.

Haben also die Hindus oder die Buddhisten – wer ist es bloß? – doch recht. Ich schwebe über meinem eigenen Begräbnis. Und es ist ein katholisches Begräbnis! Jetzt steht also der fette Piefke-Pfarrer meines Dorfes vor dem rechteckig ausgehobenen Loch, auf dem die Raute des Sarges steht. Er bespritzt den Sarg mit Weihwasser, dazu benutzt er Thujenzweige. Er redet die Worte einer belanglos leer gewordenen Lehre der Liebe, und alle hassen dabei nur seinen preußischen Akzent, sonst ist da nichts. Und das ist der Auftakt, denn das halbe Dorf, so wie es sich gehört, ist aufmarschiert, um sich vor dem Sarg zu bekreuzigen. Manche gehen leicht in die Knie dabei, dann der Griff zum Weihwasser und noch einmal – ein letztes Mal – die Form des Kreuzes mit Weihwasser über dem Sarg. Sehe ich richtig? Sie haben einen Sarg aus Eiche gewählt? Wie geschmacklos. Wie absolut geschmacklos. Immer wieder hatte ich erwähnt, gegenüber meiner Mutter, meiner Tochter, meiner Liebe, dass ich am liebsten wie ein Seemann begraben werden wollte. Einfach ins Meer, eine letzte Speise sein für viele Fische und sich verteilen im Meer, das mich so oft so glücklich sein ließ. Oder, wenn das Seemannsbegräbnis nicht möglich wäre, wollte ich, so wie es die alten Griechen machten, verbrannt werden. Und noch öfter habe ich gebeten, dass ich keinesfalls nach katholischem, evangelischem oder sonst einem christlichen Ritus begraben werden wollte. Und die Eiche .... grrrh. Ich fühle, wie mein Hals ganz eng wird, ich fühle, wie sich die Wut steigert und ich schreien muss, weil mein Blut kocht, aber alles, was mein Schreien, meine Fausthiebe, meine Bisse auslösen können, sind ein plötzlich aufkommender leichter Wind. Wie ein Widder will ich mit meinem Kopf durch sie fahren, aber bei ihnen regt sich vielleicht eine halbgraue Locke. Ich fahre durch die ganze anstehende Schlange der Dörfler hindurch wie nichts, und sie spüren ein wenig kalten Wind, wenn überhaupt. Ich schaffe es gerade mal, dem einen in Tiroler Tracht

Aufmarschierten den Hut vom Kopf zu wehen, wahrscheinlich nur aus Zufall. Meine Mutter betet, ich wirble um ihren Kopf, aber das bisschen Wind kann sie in keiner Weise von irgendetwas abbringen. Meine Liebe, du bist so schön heute in deinem Trauergewand, du trägst einen Hut und in deinem Schleiernetz sind schon schwarze Tränen eingestickt, und deine echten, heißen Tränen glänzen wie Perlmutt, und deine kupfernen Sommersprossen, und deine Augen glühen so schön, immerzu kommt mir vor, du siehst mich an, aber dann du siehst mich nicht. Nicht einmal du spürst mich. Und du, meine Tochter, in deinem Gesicht sehe ich meines wieder, du hast meine Hände, du hast meine Füße, und du hast mein Gemüt, aber nicht mal dich kann ich erreichen. Und ich weiß nicht warum es jetzt, kurz vor Ende der Schlange an Beleidskundgebern, noch zu regnen beginnt. Ganz kalt. Ich zittere. Und ich habe immer noch ganz schlechte Nerven. Meine Wut erstickt sich in Tränen, oder sie erstickt sich in Regentropfen. Oder beides. Ich weiß nicht. Beim Totenschmaus bin ich ganz traurig und setze mich mal hier, mal dort hin. Ich höre meiner Mutter zu, sie erzählt Geschichten aus der Schulzeit, die sich niemals so zugetragen haben können. Die Mutter meiner Tochter tischt, ganz dazu passend, eine Anekdote auf, die sie so verfremdet hat, dass sie sich selber im allerbesten, lieblichsten Licht erscheinen lässt, aber niemand weiß hier, dass das eine glatte Lüge ist. Da steuert noch meine Tante Grete ein

Geschichtchen bei, von dem ich noch nie gehört habe, während am Tisch genickt wird und zugestimmt: ja ganz typisch. Niemand weiß mehr, außer ich, und ich bin ein Gespenst, durch das alle durchgehen, als wäre ich Luft oder Staub oder ein Gemisch aus beidem. Ja, so war er immer, in sich gekehrt. Ich schreie ihnen die Wahrheit entgegen, sie, die gerade Wiener Schnitzel vom Schwein essen, dazu den nur halb durchgekochten Erdäpfelsalat, ich schreie sie an: Nein, ihr habt mich in mich gekehrt, es waren eure Schläge, eure Verbote, eure rücksichtslos ausgelebte Brutalität ohne Gegenentwurf, die mich flüchten ließen, damals, als ich noch so klein war! Immerzu hat er gelesen, einfach so, da war er noch so klein. Ja, die Bücher waren meine Zuflucht, aber nicht wegen mir, sondern wegen euch! Ach schad, er war so ein feiner ruhiger Kerl. Ich schreie, denn ich bin verzweifelt ob meiner Machtlosigkeit. Ich glaube ja, er war ein Indigokind, ich hab ihm mal das Buch dazu geschenkt. Aaaargh!

Das Angenehme hier, man kann noch besser wegschauen. Hier kann ich mir endlich auf den Kopf trommeln. Ich habe herausgefunden, dass sich das altbekannte Kindheitsgefühl nach circa einem Dutzend Stakkato-Schlägen gegen den Kopf einstellt, es ist ein gutes altes Gefühl genau nach dem Schmerz. Hm, das tut gut. Am meisten schmerzt es, wenn der Ehering mich am Kopf trifft, und er trifft mich immer. Schnell im Affekt durch die Mauer in die Küche gestürmt, mit dem Kopf voran, immer mit dem Kopf, immer auf den Kopf. Ich beobachte den Koch und die Köchin. Sie sind gut gelaunt und ihre Witze lenken mich ab von der traurigen Trauergemeinde. Vielleicht sind die beiden sogar ein wenig verliebt, ach das wird kein gutes Ende nehmen, das sieht doch jeder. Nach und nach akzeptiere ich meine Ohnmacht, kehre zurück an den Tisch und höre weiter den verklärten Anekdoten am Leichenschmaustisch zu. Das Meiste ist absolut neu für mich, sie reden über eine ganz andere Person, denke ich, was für ein Idiot der für sie alle gewesen sein muss. Nach und nach finde ich Gefallen an der Situation, kann sogar kichern. Ach, es waren wohl wirklich alles nur Missverständnisse, vom Anfang an bis zum Ende. Sie gehen dann ganz traurig auseinander. Es dämmert. Ich wollte immer, dass mein Begräbnis ein trunkenes Fest irgendwo in der Wildnis ist, wo sich Lieben schmieden und Ehen brechen, aber mich hier, im Gasthaus neben der Kirche so zu hintergehen, macht mich sprachlos, und ich kann mich nicht mal wehren. Hätte ich das testamentarisch verhindern können, frage ich mich hier tatsächlich noch öfters.

Nun sind sie alle weg. Ich schwebe oben neben dem goldenen Kreuz am Kirchturm. Einen gotischen Spitzturm hat sie, das Innere wurde leider barockisiert. Der Mond ist voll, ein nettes Detail, wie geplant. Er spiegelt sich im Dahin des

Flusses, da einen Kilometer entfernt. Und dort sehe ich ganz klein die roten Rücklichter der wegfahrenden Autos im Blauschwarz der verhassten, allzu bekannten Landschaft. Wieder Tränen, weil das wohl das Letzte ist, was ich von dir sehen werde. Eine Müdigkeit, eine letzte Trauer!, denke ich, eine Erschöpfung packt mich, und der Wind, oder die Erdanziehungskraft, vielleicht sogar das Licht des Mondes, lassen mich abstürzen. Ich falle genau in mein Grab.

Ich weiß gar nicht, wie lang ich gelegen bin, weil sich das hier nicht mehr abschätzen lässt, weil sich Minuten zu Stunden dehnen können und Jahre wie ein paar Augenblicke sein können. Aber ich glaube nicht lang. Ich bin in diesem viel zu großen Sarg auf samtroten Polstern gebettet, mir kommt es hier so weich vor, ich habe niemals in meinem ganzen Leben so ein weiches Bett gehabt. In meinem geliebten Anzug aus Paris liege ich da, und sie haben mir die Hände über dem Bauch verschränkt. Viel lieber wäre mir gewesen, sie hätten mir die Hände in den Schoß gelegt. Ich war immer als empfindsamer, allzu Empfindsamer verschrien. Ach, aber ich kann meine Hände nicht mehr bewegen, außerdem sind sie mit roten Pusteln überzogen. Auf meinem Grab pflanzen sie mir dann tatsächlich eine Mimose. Ich komme ins Grübeln, es muss also ein Fluch auf mir liegen, dass ich untot hier daliege. Wie ist das mit den Gespenstern, haben die nicht alle an einer verletzten, unerfüllten, verkannten oder verdammten Liebe zu leiden, und zwar bis in alle verletzte, unerfüllte, verkannte, verdammte Ewigkeit?

Ich weiß also gar nicht, wie lang ich gelegen bin, aber allzu lang kann es nicht gewesen sein, denn es zeigt sich noch kein Getier, das mich auffressen will, die Erde hat noch nicht begonnen, mich in sich aufzunehmen. Ja, nicht einmal ein bisschen Leichenflüssigkeit. Jedenfalls höre ich ein Geräusch, ganz leise. Ein Scharren, einmal, zweimal, immer lauter, immer öfter, immer näher. Ja, da ist wer, der gräbt. Vielleicht bin ich ja noch am Leben, und jemand hat das entdeckt, eine oft durchdachte Fantasie, gerade in letzer Zeit, die jetzt zur Wirklichkeit wird? Meine Gedanken fangen zu fiebern an, ich habe plötzlich Angst, noch als Toter geschändet zu werden, vielleicht die alten Feindschaften vom Fußballfeld vor über 40 Jahren? In einem Dorf, so abgelegen vom rationalen Denken halte ich plötzlich die schauerlichsten Voodoogeschichten für möglich. Der volle Mond. Der nahe Sumpf. Am Friedhof. Fehlen nur noch die toten Katzen. Und die Organjäger. Du musst keine Angst haben, du bist eh schon tot, versuche ich mich mit möglichst tiefer Stimme selber zu beruhigen, aber hier lässt man sich kaum beruhigen, schon gar nicht von sich selbst.

Ich weiß nicht genau, aber ich muss relativ tief liegen, weil das Ausgraben so lange dauert. Das ist keine Angelegenheit von ein paar Minuten, denn der, der mich ausgräbt, macht das wahrscheinlich schon seit Stunden. Leider jedes Gefühl für Zeit hier verloren, aber endlich höre ich, wie Hände den Sarg erreichen und an ihm entlang streichen. Wahrscheinlich suchen sie den Öffnungsmechanismus, jedenfalls finden und betätigen sie ihn. Das kalte Mondlicht fühlt sich auf der Haut so an wie aperner, schmelzender Schnee und schmerzt. Ich höre das tiefe, hustende Atmen eines erschöpften Menschen, der in einer letzten großen Anstrengung den Sargdeckel zur Seite zieht.

Das ist auch so eine typische Sache, ich sehe hier nicht immer. Jetzt sehe ich gar nichts, ich spüre das Mondlicht, ich spüre die Luft, aber ich sehe nichts außer dem Schwarz der Nacht und quer darüber das gleißende Mondlicht, das mich nur blind macht. Und ich spüre Hände, und ich spüre, es sind deine Hände, denn nur sie sind so, nur sie liegen so an meiner Brust, nur sie können mich so entkleiden. Du setzt dich auf mich, oder was noch von mir übrig ist, und ich spüre, wie mich eine Träne von dir auf meiner Stirn wieder lebendig werden lässt und das Leben schießt wieder in mich. Ich habe dir doch versprochen, flüsterst du in mein Ohr, und in einer Auflösung von Tränen, Speichel, Sperma und Fluidum schießt das Leben in uns, in mich, schieße ich als Leben in dich, wir sterben alle Tode und wir lieben uns hier im Grab. Plötzlich sind wir umringt von meinen Toten, da die unbekannten Großväter, die Selbstmörder sind eine eigene Gruppe dort, meine Großmütter sind da, beide vereint wie im Leben niemals. Ach, und die Junkies, die sich hierher gespritzt haben, ihr lächelt euer ewiges Junkielächeln. Der am Motorrad verunfallte Onkel trägt seinen abgetrennten Kopf im Helm unterm Arm. Nein, das Visier könne er nicht öffnen, das darf sich niemand anschauen, brummelt es aus dem Helm. Mein Bruder, ach, der ist im Hochwasser ertrunken, und das sieht man ihm auch an. Sie alle umringen uns und tuscheln, und irgendwann tritt eine aus ihnen hervor, die ich gar nicht kenne, wahrscheinlich sind ja auch alle deine Toten da und wer kennt schon überhaupt ihre Hierarchien hier und hoffentlich haben sie endlich keine mehr, und sie sagt: Es ist selten. Aber es kann sein. Und dann sind sie alle sofort verschwunden.

Du ziehst mich aus dem Grab heraus, und hier stehen wir nun am Grabstein, in dem die Namen der Toten nach und nach eingemeißelt werden, und schauen auf meinen Namen. Wir lachen. Nothing is written in stone! Wir lachen über unsere Trauerkleider, die mit Erde beschmiert und zerfetzt sind. Dem Tod von der Schaufel gesprungen ... oder der Sense? Wir lachen. Und wir laufen Hand in Hand über den Friedhof hinaus zu einem Wagen, der uns wegbringt, woanders hin, ganz woanders hin.

Am Innspitz

Früher als Kind war ich immer wieder am Fluss. Die Wacholderstauden stehen im Mehlsand, und dahinter der grüne Inn, begradigt durch ein neues Bett aus riesigen Blöcken, ein schnelles Dahin nach Osten, kalt, verwirbelt. Die grünen, ovalfleischigen Blätter, die Stengel und Beeren des Wacholder, dahinter der graue Mehlsand, das Dahin des Flusses, grün bis graubraun dahinter, eines meiner ältesten Bilder. Jedes hundertste Sandkorn glänzt silbrig. Sandwürmer fressen sich durch den Sand und hinterlassen sandene Würmer, in meiner Fantasie ernährten sich die Würmer von Sand, und scheiden ihn dann wieder aus. Im Fluss, unmittelbar am Ufer, wo das Wasser ruhig und nur ein paar Zentimeter hoch im Sand stand, krabbelten hunderte Insekten mit Sandröhren durch seichte, warme Lachen. Unser Sandkasten war mit Mehlsand gefüllt, immer wieder kackten die Katzen hinein. Je höher der Pegel des Inns, desto dunkler seine Farbe, das heitere, seichte, fast gelbe Grün der Sommer ließ gelbgrünalgige Steine manchmal klar erkennen. Schließlich der Eispanzer des Winters. Die Fische kamen mir dann darunter gefangen vor, aber der Fluss ganz ruhig.

Es war nur Natur, durchzogen von filigranen edelmetallischen Fäden der öffentlichen Verkehrsmittel, wie tiefes schwarzes Haar mit ein paar silbernen Fäden. 1974 wurde die Inntal-

autobahn gebaut und zerschnitt das Dorf in zwei Hälften, bis dahin sahen wir den Bauernhof, von dem wir auch wiederhin die minutenlangen Todesschreie der Hausschweine hörten, wenn der Bauer sie abstach, wie man es nannte. Meine Eltern kauften öfter eine halbe Sau, und wirklich wurde ein Schwein, in der Körpermitte vertikal auseinandergesägt, in einer riesigen roten Plastikwanne, in der sonst Wäsche aufbewahrt wurde, angeliefert. Die rosa Haut des Schweins fühlte sich kalt an. Das offene Hirn im auseinandergeschnittenen Schädel. Die Todesschreie der Schweine, als der Bauer sie abstach, minutenlang, hörte das halbe Dorf.
„Da Bauer sticht grod wieder a Sau o“, war die Antwort auf meine Frage.

Als Kinder schon wagten wir uns auf die Ache. Wir organisierten ausrangierte LKW-Reifenschläuche und flickten sie gegebenenfalls, machten uns dann auf zur Tankstelle und pumpten sie auf. Der Schlauch, der uns an Größe um Dutzende Zentimeter überragte, wurden dann, wie ein Rad, die Brandenberger Ache am Ufer entlang gerollt. Kurz vor Marienthal zu Wasser gelassen: Meist waren wir auf einem solchen Reifen zu zweit unterwegs und fuhren ein paar Kilometer die Ache hinunter, bis unmittelbar vor der Mündung derselben in den Inn, den wir uns scheuten zu befahren. Einer ruderte rechts, der andere links, die Bremsen, „Bremma“ genannt, fielen über uns her. Sogar bei Hochwasser waren wir unterwegs. Drinnen in der Klamm schwammen wir, beim letzten Wasserfall überholten wir die deutschen Touristen-Kanufahrer im Neoprenanzug, die ihre Kanus und Paddel neben dem Wasserfall hinunterreichten, während wir einfach die zwei Meter hinuntersprangen, nur mit den alten Turnschuhen und Badehosen, zehn Jahre alt.

Den Inn zu befahren hatten uns die Alten verboten. Eines seiner bekannten Attribute ist: grün, also der grüne Inn, doch gegen die grünleuchtende, extrem kalkige, klare Brandenberger Ache war er ein monströses Monster voller gefährlicher Strudel, meist grau, ja sogar fast schwarz und voller Blätter, Geäst und sogar Bäumen bei Hochwasser, darauf der Tanz der kurzlebigen Gischt wie das Blinzeln eines tausendäugigen Tiers, gespeist von den Gletschern und der Schmelze der Berge bis zum Gerlos, Brenner, Reschen, Engadin, dem Arlberg und Karwendel, und hier eben dem Rofan. Ein paar hundert Meter flussabwärts vom Zacken des Innspitzes, wo die hellgrüne, wie Quarz schimmernde Ache im gewaltigen, viel rasanteren Dahin des Inns verschwindet, kreuzt die Autobahn den Inn.
Hier saßen wir immer wieder in den Nächten unserer Jugend, hier machten wir Feuer und rauchten die ersten Blätter Hanf. Einmal stapelten wir nachts Strohballen am Innspitz auf und zündeten sie an, der Schein des fünf Meter

hohen Feuers fiel bis auf die Autobahn, quer über den dunklen Inn, wie eine brennende Giraffe. Wir warteten die zehn Minuten ab, bis nur noch orangerote Strohglut am Boden durch den Wind aufgehellt herumgewirbelt wurde. Dann gingen wir unter die Brücke und sahen ein Gendarmerieauto heranfahren, wie versteinert warteten wir ab. Wir blieben unentdeckt.

An den Aufschüttungen des Schotters entlang der Ache findet sich Quarz, das größte Stück, das wir fanden, war so groß wie zwei Milchpackungen und grün wie die Ache selbst, ein riesiger roher Brocken Glas. Es gesellte sich zu Versteinerungen, wie sie genannt wurden, riesigen versteinerten Muschelfossilien aus dem Brandenbergtal.

Untertags

Ich sitze ganz vorne, unmittelbar hinter dem Fahrer. Die paar Leute, die da am mittleren Vormittag im Ubahnwagen sitzen, alle gesetzten Blickes, hinunter auf ihre Handflächen, auf ihre Mobiltelefone. So blicke ich aufrecht sitzend, denn mein Interesse gilt den Tunneln, durch die wir rauschen. Manche versehen mit Ringsystemen (die Ubahn rollt durch Ringe). Manche sind einfach nur kahler Beton. Jetzt wird die Ubahn für drei, vier Stationen wieder überirdisch geführt, um dann kurz vor der Donauinsel wieder hinunter gezogen zu werden von den Leitsystemen und Gleisen. Stets begleiten gebündelte orange Kabel die Ubahn (ein leichter grauer Hauch von Zeit und Staub schimmert darauf, im Auf und Ab der Bündel alle zwei Meter). Mit diesem neuen Blick (allerlei Graffitis grad) eine neue Sensation erfahren, das Dämmerlicht vor manchen Stationen (die Beleuchtung des Bahnsteigs schimmert hell in den Tunnel, wie die kurze Vorahnung, diese kleine Form der Prophetie, die oft so unnütz ist). Schimmerlicht Nestroyplatz, ab jetzt.
Ob da was lebt? Und was das wohl ist? Hinter den Wänden? Ein paar Meter weiter. Regenwürmer und Maulwürfe, Asseln und Ameisen, alle gefangen und geschützt von der manifest gewordenen Dunkelheit der Erde. Verirrt in selbst gegrabene Labyrinthe, verwirrt von selbst angelegten Scheintüren und

Pseudogängen, mit plötzlichen Passagen geschützt in absolut dunklen Ecken. Und den Scheineingängen im Licht.
Es ist der Frühling der sterbenden Bienen. Überall orientierungslos torkelnde Bienen am Gehsteig, an den Balkonen, in den Parks. Manche der Tierchen habe ich auf meine Stoffgeldtasche krabbeln lassen und ihnen so einen Lift bis zur nächsten Blume in voller Blüte gegeben. Manche zuckten heftig, als ich sie ich sie in die Blüten von Löwenzähnen und Glockenblumen setzte und fingen sofort den Nektar zu verarbeiten an. Glyphosat! denk ich und verfluche die Pestizidkonzerne. Große Dramatik plötzlich. Die Horrorvision, dass das Bienensterben gerade wieder im großen Maßstab passiert. Aufrufe im TV, Bienen erste Hilfe zu leisten. So retten Sie Bienen! erläutern Wissenschaftler und Imker die wesentlichen Schritte. Am besten: blühende Blumen am Balkon.
Der Hoffnung, dass Millionen Menschen die Bienen retten werden, folgt die Angst vor einem Wüstenplaneten, auf dem die Menschheit untertags Zuflucht findet vor den tödlichen Strahlen der Sonne.
Mit dem Wandel der Jahreszeiten, spiralisiert hochgeschraubt in Richtung der Sterne, der Umbruch der Zeit. Die Abgänge der medialen Personen.
In jenem Frühjahr das Interview des Anchormans mit dem abgehenden Landesfürsten, wo letzterer

nochmals in seine landesfürstliche Machtrage verfällt (Das „Warten Sie nur!“ mit erhobenem Zeigefinger). Der zornige, im Dunkel des angespannten Gesichtes lodernde Blick der Macht. Das Fletschen der Zähne.

Schatten des Frühlings

Im Gymnasium waren wir nur acht Buben zusammen mit zwanzig Mädchen in der Klasse. Die Turnstunde damals in der sechsten Stufe waren zu einer Doppelstunde am Nachmittag zusammen gefasst. Je nach Witterung waren wir in der Halle an den diversen Geräten und spielten dann Fußball oder Hockey vier gegen vier, oder wir waren im Freien und spielten dort Fußball, Basketball oder auch Tennis. Von allen Sportarten gefiel mir das Tennis am besten, irgendwie mochte ich die kurzen Sprints. Beim Wählen der Fußballmannschaften, durch unsere geringe Anzahl, gab es nur ein paar mögliche Konstellationen. Und nachdem drei von uns als sehr sportlich und gute Fußballer, der Rest als so naja galten, und ich zusammen mit S. als sehr mies, waren immer der S. und ich in der letzten Wahlrunde. Das einzige, zu dem ich irgendwie taugte, war Sprintlauf über 100 Meter, da wir ich trotz meiner geringen Größe zur Verwunderung von allen einer der schnellsten.

Diese Nachmittagsstunden schweißten uns irgendwie zusammen. Wir warteten zusammen auf die Doppelstunde in diversen Gasthäusern, dem einem Kaffeehaus oder irgendwie in oder um den riesigen Schulbau. Einer von ihnen wohnte in einem Nachbardorf und unser Heimweg war zum Großteil derselbe. Oder später dann besuchten wir einander über das Wochenende. Zur Sonnwend gingen wir ab sechszehn dann

zusammen auf die Berge, um Feuer zu machen, freilich sehr alkoholisiert, oft bis zur Besinnungslosigkeit. Einmal erinnere ich mich an ein Schlafen im Gehen, als wir mitten in der Nacht – die Herz-Jesu-Feuer waren schon fast alle aus, die Sterne darüber noch da – den Pendling (einen Berg) hintergingen. Mir kam vor, ich schlief im Gehen immer wieder ein, oder es war wie Trance oder ein Automatismus.
Ein Wochenende verbachten wir zu viert im Wald in der Nähe des Dorfes, in dem A. und B. wohnten. A. und B. waren die besten Sportler der Klasse, während der C. und ich die Nieten waren. Beim Ausgehen und Feiern (wie wir es nannten) waren wir alle super. Im Laufe des Nachmittags hatten wir alles vorbereitet. Eine Kiste Bier im Laden besorgt, auf dem Gepäckstrager in den Wald geschmuggelt und dort unter Zweigen und Laub versteckt, fern der argwöhnischen Blicke der Eltern des A. Wir saßen zum Abendessen bei den Eltern von A., und dann entfernten wir uns mit Dosencola hinaus. Mit den Rädern den Forstweg entlang, bei der ersten Gabel nach links, da war unser Bierversteck. Wir sammelten Reisig und machten ein klacksendes Feuer an, und euphorisch vom Alkohol vergingen die Stunden. Ein kalter Regen setzte ein, es war gerade erst Frühling geworden. Das Feuer ging aus, grau rauchte es noch ein wenig dahin. Unter den Ästen der Bäume war unsere Zuflucht vor dem immer wieder einsetzenden Regen. Es dämmerte, als wir uns

zum Schlafen in die Häuser der Familien von A. und B. aufmachten.
Wieder in der Schule, ein paar Tage später. Der Gesundheitsminister hielt jeden Tag Ansprachen im Fernsehen.

– Und die Nachbarin, du kannst es dir nicht vorstellen! Und der E. erzählte von seiner alten Nachbarin, die mit Salatköpfen aus ihrem Garten in der Küche stand, und erzählte leicht empört davon, dass von diesem Käsium, wie sie es nannte, nichts zu sehen sei und sie deshalb sicher sei, dass es hier in der Wildschönau wohl keines gäbe. I sich nix! Die spinnen jo!
Eindringlich aber sachlich souverän, warnte Gesundheitsminister Franz Kreuzer im hirschhornknopfverzierten Janker immer wieder vor dem Verzehr von Gemüse und Obst aus dem Freien. Weiters wurde die Erden der Kinderspielplätze abgetragen. Und wir lernten neue Wörter: GAU. Und Super-GAU.
Jahre später und das Wir unserer Klasse hat sich über den Kontinent verteilt, in verschiedenen Tätigkeiten. Vieles sahen wir nun anders. Auch hatten wir das Bewusstsein, dass der Reaktorunfall in Tschernobyl einer der schlimmsten Unfälle seiner Art gewesen war. Nun erreichte mich ein Anruf vom C., dass der B. inzwischen schwer erkrankt war, und zwar – unfassbar! – an Knochenkrebs, und nach und nach gab es mehr Details: Angefangen hatte alles mit einem plötzlichen Schmerz im Oberschenkel, der über ein paar Tage immer schlimmer wurde.

Vom Hausarzt kam er ins Bezirkskrankenhaus, und von dort in die Klinik der Hauptstadt. Aber es blieb ein Rätsel. Im Landesklinikum erklärten es die Ärzte dann so: Wahrscheinlich ist es ein Haarriss. Ein so kleiner Riss im Knochen, zu klein um im Röntgen sichtbar war. Dem Begräbnis von B. ein paar Monate später wohnte ich nicht bei. Er verstarb zu Weihnachten.

Prager Reise (2018, fiktiv)

Prag. Das wäre das sechste Mal, nach 1992, 1993, 1993, 1994, 2012. Am Bahnhof, wieder. Einen neuen Weg hätte ich genommen, diesmal den alten der Eisenbahn über České Velenice und České Budějovice. Den Wenzelsplatz kenne ich noch ohne McDonalds. Die Fernsehbilder von 1989. Mich durch Stare Mesto treiben lassen, zum Karluv Most. Der Blick wellte sich mit den Bögen der Brücke zur Burg und hoch zu den Zacken des Domes. Das Mahl des Winterkönigs dort, im gesäuberten Veitsdom, am 25. Dezember 1619. Und ja dort, das Fenster der seconde défenestration, des Zweiten Prager Fenstersturzes.
Der Abstieg von der Burg. Das riesige Graffiti von Franz Kafkas Gesicht. Irgendwo wohnt hier noch ein Golem. Die Schlange des Flusses.
Im Dreieck der U-Bahnen nach Hause finden. Bauten der Weltausstellung aufspüren. Daneben ein Fußballstadion, ein Museum für Landwirtschaft (oder so), und dann, Richtung Fluss, ein Friedhof, viele Gräber mit deutschen Namen, die gemeinsame Geschichte mit Österreich, die Problematiken dazu. Der eine Jüdische Friedhof irgendwo im Süden der Stadt, 1993 war ich dort fast allein.
Circa 2001 Jana und Pavel kennengelernt, sie flüchteten damals nach dem Prager Frühling nach Österreich. Ihre stundenlangen Schilderungen, so hätten sie ihren Schmuck

damals für „dic Revolution“ verkauft. Über die Vorkommnisse in Österreich damals in den Nuller-Jahren waren sie empört, sie hätten niemals gedacht, dass so etwas in Österreich passieren könnte. (Jetzt sind sie sicher auch empört.)
Das sagenhafte Meer in Böhmen finden, denn in Prag brechen seine Wellen und schwemmen das Gold hin, das Gold der Nixen und Delphine freilich.

Die Flut

Es war ein lauer geselliger Abend. Ich fand mich um acht bei Yannis ein. Nach und nach füllte sich seine Wohnung. Die Griechen waren da, das amerikanische Paar war da, die Briten, die Italiener, die Polen, die Türken, die Belutschen, der Albaner, die Afghanen, die Berber und die Syrer. Ein Potpourri von Menschen aus verschiedenen Kulturen, deren Wege sich in dieser Stadt kreuzten oder verknoteten. Wie immer kretischer Wein, griechisches Essen, griechische Musik. Die Teller stapelten sich am Tisch, das weiße, gespannte Tischtuch mit den purpurnen Flecken des Weins und den bronzenen des Öls, in das das Lamm und all die Beilagen getränkt schienen. Das Dunkelgrün des Efeudekors rankte sich zackig dazwischen. Die Getränke hatten an den willkürlich abgestellten Gläsern Spuren und Schleier hinterlassen. Die halbvollen und leeren Weinflaschen ragten aus dem Chaos der Essensreste wie Türme aus einer Stadt heraus. Yannis hatte nun selber zur Kitarra gegriffen und sang inbrünstig mit den anderen Musikern die traurigen Melodien eines Rebetikos. Ein Höhepunkt des Festes mitten im Jänner. La-art-pour-la-art, savoir vivre, wie es der Gastgeber energisch ausdrückte, als ich nach dem Anlass des Festes fragte. Nikolai erklärte mir die These, dass die Blauäugigkeit (und er lachte kurz nach diesem Begriff auf, ein

schelmischer Blick aus seinen dunklen, fast schwarzen Augen), dass die Blauäugigkeit nicht genetisch bedingt sei, vielmehr sei es erwiesen, dass das Schwarze Meer mit seinen Substanzen die Ursache sei. Das Schwarze Meer, so genannt wegen seiner dunklen, toten Tiefen. Hervorgerufen durch den hohen Sulfatgehalt, dort in diesem Meer ohne Strömungsaustausch, in einem Kessel quasi. Im Gegensatz dazu übrigens das Weiße Meer: uns bekannt als Mittelmeer, von den Türken und Arabern als Weißes Meer bezeichnet. Und dieser Schwefelkessel des Schwarzen Meeres habe irgendwann die Augen der Anwohner quasi gebleicht. Er gab mir wenig Zeit, denn schon setzte er mit einer weiteren Erkenntnis nach – die ich inzwischen vergesse habe, aber ich liebte es manchmal, seinen sprunghaften Erzählungen nachzuhetzen. Wie eine Sprung-Führung durch einen weitläufigen Kaninchenbau.
Rechts von mir erzählte ein mir bis dahin Unbekannter. Irgendwann stand er auf, zog sein T-Shirt hinauf und zeigte eine riesige Narbe, die quer über seine Brust auf die Schulter lief. Motorbike, meinte der Afghane. This is a dangerous town. Take care my friends. Er erzählte, wie er nur durch Zufall diese Attacke eines Rechtsradikalen überlebte, und dass nur durch Zufall der Attentäter verhaftet wurde und nun wegen versuchten Mordes im Gefängnis sitzt.

Stunden später waren wir nur noch wenige und lehnten an der Brüstung des schmiedeeisernen Balkons. Am Horizont, hinter dem lichttupfigen, vage orange dahinschwebenden Lichtfeld der Stadt, das Blitzen und Leuchten eines aufkommenden Gewitters. Kalter Wind hatte plötzlich eingesetzt. Wir machten uns alle nach Hause auf, nicht ahnend, was dieses Gewitter mit sich bringen würde. Mit Martin und Nikolai stand ich noch vor dem Haus. Sie deuteten an, in eine Disco zu gehen.
Wie ist es dort?
Konservativ.
Aha. Das heißt?
Country-Musik.
Na dann ... wünsch ich euch noch viel Spass ... mit Country-Musik!

Mich weckte ein Knall. Die Ursache habe ich nie wirklich erfahren, aber ich glaubte, es war naher Donner. Draußen wüteten heftiger Regen, Sturm und Gewitter. Das nahe Meer war ganz graubraundreckig und wild. Ich erschrak, als ich den ockerfarbenen Erdschlammfluss sah, der da ein paar Meter hinter und vor allem unter der schützenden Fensterscheibe kniehoch die Straße hinunter tobte. Ich nahm das Mobiltelefon, machte automatisch ein paar Fotos und filmte zehn Sekunden. Im Netz schrieb ekathimerini.com von spring floods and torrenting rains. Angekleidet, die Umhängetasche vollgestopft mit den Notwendigkeiten, hinaus in den Hausgang. Ich sperrte gerade ab, als meine Nachbarin Anna ihre Türe öffnete mit dem Wort: Katastrophe. Sie hob die Hände, deutete zum Horizont, zum Himmel und dann zur Straße.

8.11.

30 Jahre nach Berlin
und die Welt mauert sich weiter ein

8.11.2019

Oberlippenbart

Ich blickte in den Spiegel, ich rasierte mich gerade, im Hintergrund heulten die Aufnahmen von Lisa Della Casa, einer kürzlich verstorbenen Schweizer Opernsängerin, italienische Libretti, aus dem Radio, der Holzofen schnurrte warm, fast heiß vor sich hin. Ich hatte gerade alles bis auf die Stelle zwischen Oberlippe und Nase rasiert und sah mich da mit Oberlippenbart.
"... der Mann ist gefährlich und wahrscheinlich bewaffnet, er hat eiskalte Augen und trägt manchmal einen Oberlippenbart. Er könnte auch eine Brille tragen, ebenso wurde er auch schon mit Vollbart gesehen. Es ist ein Haftbefehl der Staatsanwaltschaft Nürnberg ausgestellt, die Fahndung läuft." Der XY-Ungelöst-Fernsehgeist schmetterte die Worte stets mit Machinengewehrspräzision. Kein Wort war falsch. Ich hielt kurz an bei diesem Fahndungsbild und rasierte dann den Bart ab. Hinaus in den Garten, die Eiskälte hatte die Kleider gefroren, die Hose war wie Pappe um die Leine geknickt.
Ein paar Augenblicke, real dann 40 Minuten, ins Internetzfenster geschaut, ein paar Wörter, Sätze und Befehle gelesen oder hineingedrückt.
In Wirklichkeit hat dieses System wie jedes seine Schwächen. Stell dir vor, die Sonne braut neue Sonnenflecken, je mehr es davon gibt, desto stärker sind die Ionenstürme, die von der Sonne dann auf der Erde ankommen. Es genügt ein außergewöhnliche Konzentration dieser Flecken,

und schon werden Satelliten gestört, beschädigt oder gar ausgeschalten, und auch auf die Elektronik auf der Erde selber kann das Auswirkungen haben. Die Ruhe nach dem großen Ionenstrum, viele Chips sind durchgebrannt, die GPS-Satelliten sind kaputt, die Navigationsgeräte können keine Verbindung mehr zu den Satelliten herstellen, die Bankomatgeräte können keine Verbindung mehr zu ihren Zentralstellen aufnehmen, weder kann ausbezahlt noch bezahlt werden, die Internetverbindungen sind kontinentalweit gestört ebenso wie die Mobilnetze, die Verwaltungen sind meist zusammengebrochen, noch viel mehr als jetzt, die Staaten können letztlich ihre versprochenen Gelder nicht ausbezahlen, kein Kindergeld, keine Pensionen, keine Löhne, keine Kredite, keine Termingeschäfte, stell dir das vor.

Der 21.12.2012 wird der Gelduntergang, nicht der Weltuntergang sein, am Tag des großen Ionensturmes.

So hatte ich diese Verbrannte-Chips-Geschichte erzählt, und sie hatte Gefallen gefunden, genauso wie daran:
Jedes entwickelte System hat also seine Ader, darunter auch Haupt- oder Schlagadern. Nun ist, wie ich aus fundierter Quelle weiß, die Hauptschlagader des Internets eine einzige Glasfaserleitung, die entlang der Eisenbahn nach Osten gelegt ist, und zwar stets zehn Meter

cntfernt, in zwei Meter Tiefe, Wolfbachs Firma hat damals die Baggerarbeiten koordiniert, jedenfalls hat er mir versichert, dass er die Pläne immer noch bei sich im Tresor hat, die Lage der einzigen Internetanbindung des Landes, wir entwickelten Pläne, wie ein Dutzend entschlossene Männer und Frauen mit ein paar Hacken und Schaufeln, schön verteilt, konzertiert von Wien aus dann entlang der Ostbahn dem System ein paar Dutzend Stiche ins zentrale Nervensystem zufügen könnten, von dem es sich, wenn gut organisiert, ein paar Tage nicht erholen sollte. Wolfbach war ganz außer sich.

Ich spazierte durch die Gstättn, es regnete. Der Weg war schon fast wieder zugewachsen, besonders dieser eine letzte Schritt durch ein Efeuportal hindurch auf einen riesigen, geschotterten Parkplatz, auf dem verloren ein halbes Dutzend Autos standen. Die lehmigen Lachen, die tanzenden Regentropfen darin.
Auch im ETSAN war heute Hochbetrieb, ich wartete mit den "roten" Trauben (wie ich sie nannte), den Mandarinen, dem Zucchini, den Karotten mit Grün und der Ingwerknolle, alle individuell abgewogen, den Preis ausgedruckt und das Etikett dann am Plastiksack angebracht. 4,95. Hat sich also wieder mal ausgezahlt die Warterei.

Durch die anstehenden Festtage war der öffentliche Verkehr sehr dicht, so dicht wie dann all die Pendler, Einkäufer aus der Provinz, den Nachbaarstaaten, all die Punschstandgänger und Ausgeher beieinander standen. Im Freien der typische lebhafte Nordostwind direkt aus den kaltkontinentalen Schneeebenen des Ostens.

Ich stand an der Tür und läutete. Melly machte auf, und ich streckte ihr den Einkauf entgegen.

Sunshine

Good day, sunshine!
Good day, sunshine!
Good day, sunshine!

The Beatles

Ich habe mich seit Wochen eingeschlossen. Oder eher: Ich wurde eingeschlossen. Oder: Es hat mich eingeschlossen. Nach all den letzten Wochen, Monaten, ja Jahren, die für mich wie der 3. Weltkrieg gewesen sind.
Draußen Sonnenschein, seit Tagen. Gerade ist Schulschluss. Seit Wochen war ich eingeschlossen, und das erste Mal seit langem habe ich mich auf die Straße getraut, nein wieder wurde ich dazu gezwungen von den Abhängigkeiten da draußen: ich habe die letzten Pfandflaschen, die ich hatte, acht leere Gösser- und drei leere Landliebeflaschen, in den Shop getragen und mir von den € 1,23 ein Packung Sahne gekauft. Es schien mir das Effizienteste. Und mit dem letzten 5-Euro-Schein kaufte ich Tabak.
Die Wohnung ist schlecht isoliert und deshalb heiß, und als ich durch das sonnige Floridsdorf spaziere, empfinde ich den Gang durch die Straßen angenehm kühlend, weil hier eine leichte Brise weht, die da oben unter dem Dach, in der

schlecht isolierten Wohnung, niemals ankommt. Die Wohnung liegt den ganzen Vormittag in der Sonne. An der anderen Seite ist die Tür zum Gang, in dem sich hier, im letzten Stock unter dem Dach, die Hitze staut. Über der Wohnung ist der Dachboden, in dem sich die stickige Luft unter dem alten Dach aufheizt. Hier lüftet niemand außer ich. Mitternachts kühlt es so weit ab, dass es Sinn macht, die Nachtluft eine Stunde durch die Wohnung ziehen zu lassen, indem ich am Gang zwei Fenster und in der Wohnung Türen und Fenster öffne.

Nach der langen Zeit in der Wohnung kommt mir die Stadt fremd und intensiv spannend vor. Wie die Eingangsszenen zu Italo-Western, leere Straßenfluchten, ein paar schweigsame Menschen in der Hitze einer zerfallenden Stadt. Es ist Samstagnachmittag, und ich weiß, die Trafik schließt in einer Stunde. Ich begegne ein paar Menschen. Die Blicke, dazu kein Wort. In der Trafik am Jonasplatz hat es durch die Klimaanlage unwirkliche 21 Grad. Zurück fahre ich mit der Straßenbahn, an der Station stehen alle im Schatten. In der Tram selber scheint es mir heißer als im Freien. Die Fenster sind geöffnet, aber durch die Standzeiten in den Stationen und an den Ampeln steht die Luft und heizt sich auf, wahrscheinlich auch durch die vielen Menschen hier. Die drei jungen Männern schnaufen, einer wischt sich die Stirn. Ein Säugling weint laut, die Mutter hebt ihn aus dem

Wagen, bewegt ihn mit großen Gesten durch die Luft und redet beschwichtigend. Die Telefonate wie ein ständiges Säuseln, dazu die Benachrichtigungstöne, die Klingelsignale, die Musiken echoen zwischen Kopfhörern und Schädeln. Wieder steht der Zug an einer Ampel und die Sonne fällt schräg in den Zug mit den riesigen geschlossenen Fenster und den kleinen, geöffneten Schiebefenstern. Ich spüre, wie sich am Ende meiner Wirbelsäule ein Schweißfluss sammelt. Die Kühltechnik der Straßenbahn ist überfordert mit der Hitze.

Gestern war Schulschluss und tatsächlich sehe ich ein Familienauto, wie es gerade gepackt wird mit riesigen Koffern, herbeigeschleppt von voluminösen Menschen. Ein wenig Sehnsucht nach Italien und dem Meer kommt auf (der glühende Sand, das salzige Wasser, die Süßwasserduschen). Noch nie konnte ich mir so einen Urlaub leisten. Dass es die Planung der Existenz zulässt, sich reichlich ausgestattet mit Geld sich in ein wohlvorbereitetes Fahrzeug zu setzen, just in dieser Zeit mit den Kindern. Kein Auto, kein Geld. Ich besitze nicht einmal einen Koffer wie diesen. Wie wüsste ich ihn zu füllen. Und Caorle, Grado, Bibione ... es würde mich dort wahrscheinlich langweilen. Vielleicht würde es mich aber auch entspannen. Ich weiß es nicht. Ich bin nun in einem Alter und in einer Situation ... es scheint absehbar: Ich werde eine solche Familienfahrt nach Italien niemals erleben.

Es ist mein Alter, das mir zusetzt. Nicht dass ich müde bin, mich alt und schwach fühle. Aber in meinem Alter – ich bin 45 – beginnt die Zeit der Toten. Noch habe ich mehr Freunde als Tote. Aber die Toten werden immer mehr. Der eine Bekannte, ein Musiker, drei Jahre älter als ich, stirbt an einem Herzinfarkt und hinterlässt seine Frau und eine neunjährige Tochter. Eine Bekannte, zehn Jahre älter als ich, wird mit Unterleibskrebs diagnostiziert. Mein Vater ist letztes Jahr so überraschend gestorben, die Ärzte nannten es tragisch, auch in Hinblick auf den medizinischen Verlauf. Und da war noch was.
Auch die Gegenstände. Das gute Laptop ist eingegangen, es hat sich an einem der ersten Frühlingstage überhitzt, sich ausgeschalten und fängt seither Staub. Auf der Festplatte darin befinden sich die Daten meines ganzen digitalen Lebens. Ich habe Informatik studiert, nie abgeschlossen, aber ich lebe als EPU davon. Momentan reicht das Geld nicht, Ersatz zu beschaffen oder eine Reparatur in Auftrag zu geben. Soweit ich es beurteilen kann, ist die Reparatur des drei Jahre alten Laptops sinnlos. Es hat 320 Euro in der Anschaffung gekostet, (und das noch dazu mit Mehrwertsteuer), und wird auf der großen Second-Hand-Netzplattform nur noch um 140 gehandelt. Eine Reparatur kostet wahrscheinlich in etwa soviel. Wieder ein Stück mehr für den Elektroschrott. Der Schrott wird immer mehr. Es bleibt mir das schlechte Laptop, das eigentlich nur ein Hack ist: Linux

läuft auf einem Android-Tablet. Alles ein workaround.

OXI oder NAI lautet – verkürzt formuliert – morgen die Frage. In einer Zuspitzung des Dialoges zwischen der griechischen Regierung und der sogenannten Troika wurde der Dialog nun weitergeleitet an das griechische Volk, für eben eine Frage und eine Antwort. Erinnerungen an das von Papandreou vor circa fünf Jahren angekündigte und schließlich abgesagte Referendum werden wach. Wie der Paukenschlag in Haydns Symphonie: Plötzlich sind alle aufgeschreckt. Denn Tsipras und Varoufakis ziehen das Referndum nicht zurück. Deutsche Journalisten der ARD lassen sich zu Kommentaren wie „Die SYRIZA-Schurken müssen weg“ hinreißen, damit erreicht die ARD das Niveau, das das deutsche Boulevard (BILD etc.) schon lange erreicht hat. Auch die Nerven der Politiker liegen offen da: Junkers mit seinem Selbstmordsager. Schulz. Laut Times soll Schäuble nun auf ein Scheitern von SYRIZA spekulieren. Gerüchte um eine Technokraten-regierung à la Monti damals in Italien entstehen.

Es ist Hitzerekord: 37 Grad in Gars am Kamp und in der Wiener Innenstadt, ex aequo. Kein Kopf-an-Kopf-Rennen in Griechenland, titelt ein Journalist schon am späten Nachmittag. Ein Kopf-an-Kopf-Rennen, was soll das sein, ein Widderkampf? Diese Floskeln im Journalismus.

61 Prozent der Griechen sagen Nein.
Auszählungsgrad 86 Prozent.

Nun wird nicht mehr von Hitzetagen berichtet, sondern von Wüstentagen. Dazu Tropennächte. Es hat zwei Wochen lang jeden Tag 36 bis 37 Grad bei makellosem Himmel. Kein Gewitter in Sicht. Die Grillen zirpen. Das Gras am Gehsteig ist gelb geworden. Am Abend wässern jetzt immer die Kinder aus dem zweiten Stock den Garten mit dem Gartenschlauch. Die beiden alten Frauen sitzen im Schatten und schauen zu. Im Land entwickelt sich eine hitzige Diskussion rund ums Asylwesen.

Kagranien

Also hier angekommen.

Wenn er mit der U-Bahn über die Alte Donau fuhr, drehte er den Kopf, zuerst stromaufwärts, in der Ferne der Kahlenberg mit seinen Antennen. Das Pendant dazu stromabwärts waren die rotweißen Schlote des Simmeringer Heizkraftwerks. Die Aufregung des Wassers war wie ein Spiegel seiner Seele, manchmal war er überrascht, nachdenklich gar, über das Spiegelbild, manchmal schimmerte der Mond in der Alten Donau wie in seinem Solarplexus. Heute fühlte er nur vermeintliche Sicherheit. Viele telefonierten während der Fahrt, am meisten Aufregung herrschte freitags, wenn alle ausgehen, Wien, Blicke, Stimmen. Die weißgelbgraue Scheibe des Vollmonds schimmert dahin und schwarze Fetzen, wie Seide, schießen am Mond entlang. An der Tech-City, direkt nach der UNO-City, verspiegelte sich alles mit Neon, Stahl, Glas. Die U-Bahn fährt in den Tunnel inmitten der Reichsbrücke ein. Große Fenster ermöglichen den Blick auf die Donau. Die Fahrt weiter in Richtung Vorgarten. Eine schwarz-gelb schraffierte Fläche an der Wand markiert gleichzeitig hier ist das Funkloch mancher Handyprovider. Manche Gespräche brachen just ab, andere nicht. Ein Nottelefon an der Wand. Ein riesiger Schalter dann.

Irgendwo ist ein geheimes Verbindungsgleis zwischen den verschiedenen U-Bahnlinien.

Die Blitzlichter der Fotoapparate schimmern auf dem schwarzen Metallicé des Wracks und machen einen Hof, einen heiligen Schein rund um das Auto, das eingetätscht dasteht in der Nacht. Die Türen fehlen ebenso wie die Leiche. Mit überhöhter Geschwindigkeit hatte es sich ein paar mal überschlagen auf einer Landstraße. Der Betrunkene war wahrscheinlich sofort tot oder verstarb am Weg in das Landeskrankenhaus. Nur zwei Nächte vorher haben Sozialdemokraten eine Statue von Guevara hinter der UNO-City aufstellen lassen und eingeweiht. Blecha sprach vom Treffen mit dem Che in Algier, damals in den 1960ern. Hinter all dem steckt karibische Hexerei und internationale Verschwörung.

Mit diesen Sommer sind die Fliegen eingezogen.
Es war ein blinder Alarm.

Wieder angekommen östlich der Donau, wieder einmal den Weg aufgenommen entlang der Wagramer Straße zum Eurospar, die Wagramer noch einmal gequert, hinüber in die Rennbahnsiedlung, gehe ich entlang der Theodor-Kramer-Straße. Theodor Kramer, nach dem ein Literaturpreis benannt ist, und nach dem auch diese Straße hier benannt ist. Eine Allee mit den schnell wachsenden Himmelsbäumen, Neophyten aus China, die die Straße mit den parkenden

Autos säumen. Mittendrin taucht gar der Ernst-Jandl-Park auf. Hochkonzentrierte literarische Zone, die bis zur Saikogasse da einen Kilometer stadteinwärts reicht. Ich gehe weiter zum namenlosen Schotterparkplatz, auf dem drei oder vier martialische Autos stehen. Dann endlich die Pflanzengemäuer der Gstättn, deren Merkmal für mich schlicht das Vorhandensein von Lianen und anderen Schlingpflanzen ist, ein dunkel zugewachsener Gang durch Wände von Pflanzen führt hinein, und ja, endlich haben die Kinder hier Baumhütten errichtet, typische Kinderhütten in einem Meter Höhe. In meiner Kindheit haben wir das auch getan. Himmelsbaum, Brombeere, Hagebutte, Rose, Beifuß, Holunder, Brennnessel, Wegerich, Nussbaum und vieles mehr säumt den Pfad durch die Gstätten. Es ist Ende Juli. Ein paar Weinbergschnecken begegnen den Heerscharen der Nacktschnecken. Den Pfad bewachen dann Disteln, daneben das von den Unwettern der letzten Wochen durcheinandergewirbelte Weizenfeld, wie ein erstarrtes Meer aus Stroh. Ich bin froh, wenn ich mal von hier weg bin, fährt es durch meinen Kopf.

Die in der Wand eingeritzten Hakenkreuze, die wie immer schon da wirken, scheinen wie frisch nachgezogen, ganz frisch, wie Wunden im Mauerwesen.

Die U-Bahn führt über die Alte Donau, und die Beschaffenheit des breiten Wassers nahm er stets als Tagesorakel, auch Seelenspiegel wahr. Im

Winter zugefroren mit den Eisläufern darauf, das Motiv und die Farben dazu wie ein moderener Brueghel. Im sommerlichen Abend-gewitter unruhig aufgepeitscht und dunkel, oder ein ruhiger Spiegel im Vollmondlicht.
Es regnete leicht und am Fluss waren kleine Wellen. Am nächsten Halt stieg ein Mann zu, der zunächst auffiel, weil er sehr laut in sein Mobiltelefon sprach, und schließlich, als dramatisch-akustischer Höhepunkt, das Gespräch mit einem geschrienen Satz beendete:
„Und das wird jetzt alles abgehört und aufgezeichnet! Von der Stapo!“
Er stand auf und schrie uns alle, die wir mit im im U-Bahnabteil saßen, an: “Und ihr lossts eich des gfoin! Ihr lossts eich für bled verkaufen! Und ihr zoids des a nu!“ Er sagte dies seinen unfreiwilligen Dialogpartnern noch mehrmals, die alle aber, ohne die Miene zu verziehen, irgendwo an ihm vorbei in die Ferne starrten. Zur Erleichterung aller stieg er verächtlich abwinkend die nächste Station aus.
Kaum fuhr der Zug weiter, meinte eine der vielen älteren Damen: „Hot eh recht.“ Und erntete gackerhafte Zustimmung.

Er ist ausgestiegen am Praterstern. Indianer spielen mit Panflöten, Didgeridoo, Trommeln, alles abgenommen mit Mikrofonen und auf kleinen mobilen Verstärkern in Szene gesetzt, nebenbei ein Stand mit CDs.
Goldglühende Wolken bringt das Abendrot

zusammen, und dieser neue Goldhochkurs stemmt sich sich gegen die grauen Türme von Donaustadt, sinkt langsam in den Wienerwald hinein.

Bei Demian gewesen, ins Feuer geschaut.
Er forderte das Armageddon, endlich den Untergang, nach all den biblischen Plagen, mehr als sieben, kicherte er, seien es doch schon gewesen, wo bleibt denn der Untergang, die apokalyptischen Reiter, all die Anzeichen vom Untergang des Abendlandes, die Abschaffung Deutschlands, das Platzen der Blase, das Brechen der Mauer gegen die Wellen der Asylanten, Immigranten, Fremden, Gäste, die versagende Polizei, schließlich der Atomkrieg um die verölten und zerstörten Ozeane. Dann, erleichtert, fast schon heiter, nach seinen Schreiereien, offerierte er Whisky mit einer grinsenden Larve. Wie immer landeten wir in einer Wettkneipe, es gibt in diesem Bezirk eigentlich nichts anderes mehr.

Ein Helikopter kreist minutenlang über Donaustadt, am Boden heulen Polizeiautos durch die Gegend.

Der laue Abend eines Sommertages, der Wind kühlt die Beton- und Metallwände des Einkaufszentrums, gerade ist die Sonne untergegangen, dort neben der U-Bahnstation am Würstelstand und am Kiosk sind ein Dutzend Menschen, die meisten, drei, vier lehnen am

Stand mit einer Bierdose in der Hand.
- Wos wüst du Oarschfiggarin?
Ein Sack von einem Mann, Oberarme und Schultern tätowiert, rasierte Glatze mit Brille und dickem Nacken, weißes Unterhemd, der aufgeblähte Bauch steht feist heraus, er kommt vom Kiosk zum Würstelstand getrabt.
Eine spindeldürre Frau, die langen Haare zum Zopf, ihre Pupillen sind so groß wie Stecknadeln, sie schreit ihm etwas entgegen, fast unhörbar, und geht ihm entgegen, zwei, drei Leute vom Würstelstand gehen ihr nach.
- Na hey.
- Wos soi des?
Irgendwie einigen sich die Leute darauf, dass die schmächtige Frau die Geldtasche der Schwester des glatzerten Bladen nicht gestohlen hat.
Die Schwester des glatzerten Bladen ist offensichtlich die feiste Frau, die Haare alle abrasiert, die da statisch in einem Sessel neben dem Kiosk sitzt.
Zwei Arbeiter, noch in Montur, kaufen am Würstelstand zwei Bierdosen nach. Sie unterhalten sich mit dem älteren Herren, der einen roten Pullover trägt.
- Des ist das X. Von dem is da Bruadar gstuam.
- Aso?
- Jo. Eh lang im Gfängnis gwesn.
- Mit dem brauchsti ned oleng.
Inzwischen wieder Unruhe. Die Frau insistiert darauf, dass sie die Geldtasche nicht hat. Eine andere Frau beendet diesmal resolut die

Diskussion.
- Er sog ja eh nimma, dast as host.
- Von dem is da Bruadar gstuam.
- A Tschecherant.
- A Tschecherant is a ned bessa ois a Giftler.
- Na eh. Oba wast eh. I bin Pensionist! Mir geht dös olles nix mehr o.
- Jo eh.
- No zwa Ottagringer.

Am Dam Des

Wir brauchten schließlich fast dreißig Stunden bis Am Dam Des (Amsterdam). Der Motor des VW-Busses setzte während der Fahrt, so alle drei bis vier Stunden etwa, für ungefähr eine Stunde aus. Der erste Vorfall war etwa drei Stunden nach der Abfahrt, mitten in Bayern, am Irschenberg, abends. Die Autobahn führte den Berg hinunter, da setzte der Motor aus. X., der Fahrer, lenkte den Bus auf einen wie in einem Drehbuch vorgeschriebenen kleinen Rastplatz. Wir rollten aus. Wir schauten uns an. Damit hatte keiner von uns vieren gerechnet. Wir hatten uns auf eine lange Nachtfahrt eingestellt, aber es dämmerte gerade erst. Kaum stand der Wagen, probierte X. ihn neu zu starten, was nicht gelang. Er probierte es noch ein Dutzend mal ohne Erfolg. Als erstes kontrollierten wir Wasser und Öl, alles normal. Ratlos öffneten wir die Motorverkleidung und schauten in das uns allen fremde Wirrwarr aus Kabeln, Schläuchen und Metallen des Motors, fühlten mit den Händen an Oberflächen und kontrollierten den Sitz von Kabeln. Und wir suchten Spuren einer Fehlfunktion: nichts war zu sehen. Ein neuerlicher Startversuch war erfolglos. Es war dunkel geworden, und wir pafften Zigaretten. X. hatte schließlich den Vorschlag, der uns alle irgendwie beruhigte, er werde mit dem ADAC telefonieren, und zwar dort vorne bei der Notrufsäule. Er machte sich alleine dorthin auf, um wenig später mit hängenden Schultern zurückzukommen: erst morgen früh werde ein Techniker vorbeischauen. Wir mussten im Bus schlafen.

Wir machten es uns einigermaßen bequem. Die ersten Sterne funkelten schon eine Zeit lang über uns, hinter uns das dröhnende Dahin der Autobahn, als wir Lichter einer Siedlung entdeckten, die sich hinter ein paar Bäumen versteckten. Wir beschlossen, uns dahin aufzumachen, vielleicht gab es dort was zu essen oder trinken. Wir gingen durch das hohe Gras, auf die Lichter zu, und erkannten bald ein paar Häuser und dazwischen ein riesiges, hell erleuchtetes weißes Zelt. Keiner von uns war je auf einem bayerischen Zeltfest gewesen, aber wir wussten, dass uns Bier und Breze erwarteten. Die Tische waren kaum noch besetzt, und in jenem Moment, als wir am Tresen ankamen, schaltete sich die Musik aus und wir standen einer Kellnerin und drei Männern gegenüber, wir vier, Anfang zwanzig, drei Hippiebuben und ein Gruftiemädel. Der Dialog war kurz: das Fest sei soeben zu Ende gegangen, die Schank hätte soeben geschlossen, und woher wir denn überhaupt kämen. Von der Autobahn, unser Auto sei kaputt. Dorthin sollten wir wieder zurückgehen.
Wir ließen das Zelt schnell wieder hinter uns, ein paar Zeltbesucher, wie im Fernsehen, in Tracht und mit Bierkrügen, schauten uns nach, wie wir

wieder zum Parkplatz trotteten. Am nächsten Tag weckte uns der ADAC-Mann, der Motor sprang sofort beim ersten Startversuch an. Eigentlich hätten wir keinen ADAC dazu gebraucht.

Immer wieder, alle paar Stunden, standen wir am Pannenstreifen, während X. den Wagen immer wieder neustartete. Immer wieder die stillen Wälder, durch die die Autos schießen. Niemals blieb ein anderes Auto stehen. Die flachen Felder der Niederlande nach den Wäldern. Nach dreißig Stunden waren wir da, wirklich Am Dam Des! Wir sahen schon das Ortsschild, als der Motor wieder aussetzte, und wir ein paar Meter nach dem Ortsschild zu stehen kamen. Wir waren wirklich fast am Ziel, nur ein paar Minuten und Zigaretten warten, die Störung des Wagens abwarten. Wir hatten uns noch kaum umgeschaut, als plötzlich ein Auto stehen blieb. Ein Holländer stieg aus und fragte uns auf Deutsch, was denn los sei. Auto kaputt. „Ich bringe euch jetzt zu einem VW-Dealer“, sagte er mit niederländischem Akzent, und schon zehn Minuten später verabschiedete er sich von uns bei einer Werkstätte, die den Wagen innerhalb eines Tages um 1000 Schilling reparierte.

Wir schliefen jede Nacht im Auto, standen mit der Sonne auf und machten uns auf den Weg in die Stadt. Nach dem Frühstück machten wir uns auf zu den Sehenswürdigkeiten des Zentrums, die zahlreichen Coffeshops, von denen mir nur einer im Gedächtnis blieb: der DOORS-Coffeshop. Dort lernte ich Thai-Grass kennen, aber auch Polum, White Widow, Tscharas, Manali usf. Wir hatten eine Zeit lang den Plan, das Rijksmuseum anzuschauen, wir kamen allerdings nie dazu. Ich machte zwanzig Bilder mit meiner Analogkamera.

Wir gingen über den Platz, und immer wieder kam einer langsam bei uns vorbei, „Koks Trips Heroin" wie ein Wort aussprechend, wobei Heroin im Holländischen anders betont wurde. Wir ignorierten sie alle.

Am Abend kamen wir dem Zentrum näher, es leuchtete ein tiefrotes Licht irgendwo da vorne, wir bogen ums Eck, und sahen die Prostituierten in einer Straße aus Schaufenstern stehen, sie räkelten sich im roten Licht. Ich empfand dies wie ein absurde Übersteigerung der Ware Frau, bis ich erfuhr, dass dies aus Sicherheitsgründen passierte.

Wir machten einen Ausflug nach Zandvoort. Es war ein kühler windiger Tag, aber Z. und ich sprangen nackt ins graue, gischtig wilde Meer, während die beiden anderen uns zuschauten.

1928

Kathi geht. Die Sonne ist gerade untergegangen. Am Horizont leuchtet es noch orange über den bläulichen Bergen mit den schneeweiß glimmenden Spitzen. Das Zickzack der Wälder. Nebel kommt auf. Ein paar Sterne zwinkern. Und da unten im Tal ein paar Lichter von Häusern. Von den Giebeldächern steigt Rauch auf. Die Öfen sind geheizt. Kathi geht dorthin. Ihre Beine sind müde. Der Magen ist knurrend leer. Die Riemen des Rucksacks drücken schwer auf die Schultern der 14-Jährigen. Die Schritte finden ihren Weg durch das Dunkel von selber. Die Wiese ist feucht. Die Tränen des Tages als Tau darüber. Die Silhouetten der Pflanzen, Kathi kennt sie alle. Den Sauerampfer, eine willkommene Nachspeise. Den Spitz- und Breitwegerich, den sie Lungenblattl nennt, sie aß ihn oft als Salat in den letzten Wochen. Dazu die Blätter des Löwenzahns, den sie Zigori nennt. Das Jägerbrot, jenen essbaren Innenteil der Distel. Mit dem Messer, das ihr ihr Onkel noch mitgab, die stachelige Haube abschneiden. Wie eine dicke Hostie. Manche Wiesen sind übersät mit Disteln. Die Brombeeren am Waldrand. Die Moosbeeren im Wald, die kleinen Walderbeeren. In den Lichtungen die Himbeeren. Und natürlich die Pilze, die schön schwer im Magen liegen. Kathi hat genug davon. Ihr hungert nach einer warmen Suppe. Einem Braten! Brot. Einem Bett, seis noch so hart. Ihre letzten Kräfte steckt sie

sie ins Laufen, hin zu den erleuchteten Fenstern der Bauernhöfe.

Die Bergschuhe sind schwer und laut. Kathi steigt die hölzernen Stufen hinauf und stolpert. Den Fall fängt sie ab. Rechts von der Tür, die sich im Dunkel abzeichnet, das Fenster mit den zugezogenen rotweiß karierten Vorhängen. Sie hört Menschen und das Klappern von Geschirr. Löffel auf Teller. Das Grummeln der Gespräche. Ein Mann, der laut und anklagend spricht, als ob er bellt. Den hohen Lacher einer Frau. Kathi fasst sich Mut und klopft an die Tür.

Was sich wohl die Leute immer denken, wenn sie sie zum ersten Mal sehen? Die 14-Jährige in ihrem ärmlichen Gewand. Das Kopftuch ist bunt, gelboranges Muster auf hellem und dunklem Blau. Der schlichte dunkelgrüne Rock, ein einfaches Hemd mit ein paar grünen Stickereien, eine dicke Jacke. Die schweren Schuhe. Einen Rucksack am Rücken, einen Wanderstock, offensichtlich ein Ast, an den Enden zurecht geschnitzt. Ihr Kärntner Dialekt lässt den weiten Weg erahnen, den sie hinter sich hat, hier im Tiroler Wipptal. Die Fragen, die Kathi selber stellt, nachdem sie sich kurz vorgestellt hat, auf die Fragen. Wer sie denn sei. Woher sie komme. Was sie denn wolle.

Jo grias aich. I bin die Kathi. I suach an Plotz. Ois Mogd. Kennen tu i olles. Möchn. Hagn.

Kochn. Wer is da Baur?

Diese Sätze hat Kathi schon oft gesagt. Die Bäurin selbst hat ihr die Haustür geöffnet und sie nach diesem kurzen Gespräch in die hölzerne Stube geleitet, wo gerade alle zum Essen um den Tisch sitzen. Hinter dem Tisch der Herrgottswinkel mit dem Kruzifix. Ein riesiger Kachelofen strahlt warm in der anderen Ecke des Raumes. Und Kathi sagt wieder ihre Sätze. Und wie so oft wird ihr gleich abgewunken. Nein, es gebe keinen Bedarf. Aber sie solle sich doch hersetzen. Es gebe noch zu essen.

Kathi isst. Sie weiß, es gehört sich nicht: schnell zu essen. Aber die Suppe tut gut. Seit Tagen hat sie nicht mehr warm gegessen. Das Brot zu Stücken in die Suppe. Erdäpfel mit Thymian. Kathi entspannt sich. Immerhin. Bald kommen die Fragen wieder. Woher sie denn komme? Und warum sie von dort weggehe? Und was sie nun vorhabe?

Der Vater sei verstorben. Der Vater sei verunglückt. Der Hof sei abgebrannt. Die Mutter sei verstorben. Die Mutter sei in die Schlucht gestürzt. Die Mutter sei verbrannt mit dem Hof. Der Bruder sei verstorben. Der Bruder sei verunglückt. Der Bruder sei verbrannt im Hof. Und die ganze oder halbe Familie sei mit ihm oder mit ihr verbrannt.

Kathi hat einen ganzen Setzkasten aus Unglücken. Sie wählt zufällig aus. Meistens kommen Tränen leicht. Was damals geschah. Und was wohl geschehen wird. Die Zeiten sind hart. Das Leben ist schwer. Ihrer Geschichte wird meist nicht getraut. Außerdem: Niemand will jemanden am Hof, der so jung schon soviel Unglück mit sich schleppt. Oder sie sind misstrauisch. Kathi ist ihnen auch fremd. Eine Andere. Und die Zeiten sind: hart.

Später dann, im Gespräch mit der Magd über die Dialekte in den verschiedenen Tälern, – denn jedes Tal oder jede Gegend hat seinen, ihren eigenen Dialekt, sodass sie sich hier ansprechen als Oberlandler, Telfler, Koatlackner, Zillertaler, Alpachtaler, Wildschönauer, Osttiroler, Breitenbäcker, Kranzerer, Meraner, Außerferner, und eben auch als weit entfernte Kärtner.
Mit ana longehn Stongen Wosaschlongehn fongen gongen!
Noch eine Tasse Tee beim Ofen. Eine Bauernkatze legt sich neben Kathi. In der wohligen Wärme des Ofens, neben dem Tier. Kathi wird müd. Sie schaut hinaus ins kalte Dunkel der Nacht hinter dem Fenster, dem sie heute ausweichen konnte. Hier am Kachelofen. Hier wird sie schlafen. Bald sind alle weg. Die Magd ging als letzte. Sie schaute Kathi kurz an, neigte den Kopf und lächelte. Na du. A guate Nocht winsch i dia! Kathi hat noch nie so einen Dialekt gehört. So hart. So schroff. Wie Bellen

verglichen mit dem Singsang der Kärntner oder Südtiroler.

Kathi schläft bald. Im Kopf nochmal der Weg von der alten, halbverfallenen Almhütte oben im Tal. Entlang dieses Baches, der nach ein paar Zubringern doch eine ordentliche Ache geworden ist. Mit Schotterbänken dann. Dazwischen große Brocken Stein, so groß wie drei Menschen. Eine Lichtung mit Himbeeren. Die Sonne zeigte sich kurz, aber freundlich.

Wie sie sich da vorgestern in die Hütte geflüchtet hat. Es war düster und windig und kalt geworden. Ganz plötzlich, eine halbe Stunde nach dem Pass am Hochgebirgssteig. Eine Ahnung von dunklem Regen am Horizont. Ein paar Dohlen krähen sich vorbei. Es ist muffig und kalt in der niedrigen Hütte. Kathi sieht einen alten Ofen. Geht hin, öffnet ihn, befindet ihn als tauglich und geht noch rund um die menschhoch weiß gekalkte Hütte mit ihrem mit Schieferplatten beschwertem, gräulichem Holzdach. Sie sammelt Reisig und Holz. So viel und schnell sie finden kann, denn Regen setzt ein. Und rauer, kalter Wind, der nach Schnee riecht. Als der Regen schließlich schwer und heftig niederpeitscht, immer wieder vom Wind vertragen, sitzt Kathi am Feuer des Ofens. Das Flackern des Feuers im sonst dunklen Raum. Durch das halb geöffnete Gitter der Lufttüre entstehen fünf zitternde Lichtgestalten an der Wand.

Als im Nachtdunkel noch die Bäurin in den Raum schreitet und die Lampe anflammt, ist Kathi sofort munter. Alles erscheint ihr klar. Sie setzt sich auf. Sie grüßt die Bäurin mit einem guten Morgen, diese findet einen freundlicheren Ton als gestern Abend. Schon geht sie wieder aus der Küche, um bald wiederzukehren. Den Ofen einheizen. Wasser aufstellen. Dann ist sie wieder weg und Kathi hat noch ein paar ruhige Minuten alleine in der Stube, wo der Ofen vor sich hinknackt und das Wasser schließlich zu sieden beginnt. Die Katze reibt an ihrem Bein, da über dem kalten Boden dieses sanfte, warmlebendige Fell des Tieres. Heftig fordert sie Futter.

Die kalte Stille des Abschieds zum Frühstück. Kalt wie Milch. Eine Tasse Feigenkaffee. Zwei Brote zum Verzehr, mit Marmelade und Honig. Zwei für den Weg. Doppeldecker. Zwei Äpfel. Ein kleines Viertelliter-Fläschchen mit Milch.

Der Bauer grüßt zum Abschied. Das bedeutet: Es ist Zeit zu gehen. Noch ein paar Sätze. Winken. Hinaus bei der Stube, einen Blick in den Hausgang werfend. Eine Kommode mit Spiegel im Gang. Gegenüber eine Tür mit angemaltem Rahmen. Dasselbe dahinter, links und rechts des Ausganges an der anderen Seite. Kathi geht dort hinaus, wo sie hereingekommen ist. Die Magd wartet Sekunden und geht Kathi entschlossen nach. Schließt die Tür. Ein paar Worte. Ein paar Kreuzer für Stollwerk. Eine Nähnadel und Zwirn.

Zwei Knöpfe, rot und blau. Und ein paar Namen: der erste wie ein schwerer Seufzer. Der andere galoppierend. Eine Reiterin.

Hinunter das Tal, das sich leicht öffnet, um dann in ein größeres Tal zu münden. In weiter Ferne das Zickzack eines Kalkgebirges. Mit Schnee angezuckert. Und dahinter, nach Süden, im Rücken die nahen Kalkspitzen hoch in den Himmel gezackt. Die schneeweißen Spitzen, die grauen Wände, der zackige grüngraublaue Bergwald darunter. Der Pfad geht da, wo die Ache hineinmündet in eine mehr als doppelt so voluminöse wie schnelle Bewegung. Riesige Brocken Fels darin weißen das graugrüne, milchige Wasser gischtig auf. Grün-Transparent an den kleinen, schottrig sandig gelben Buchten.

Hier heroben entstehen die Bäche. Sammeln Regen und Schnee und die Schmelze ein. Fügen sich zusammen in Achen und Flüssen. Immer dahin, immer nach unten. Zum Meer hin, das so schön sein soll. Hier heroben in den Bergen ganz flott, über Wasserfälle und Stromschnellen. Ganz wild. Schon ein paar Dutzend Kilometer weiter im Norden fließt der Inn. Majestätisch wie ein Fluss es nur kann. Ganz grün von den Mineralien der Berge hier. Alles nimmt das Wasser mit. Die Felsbrocken rollt es rund zu Kiesel. Ein paar angeknackte Bäume liegen noch quer im Bett. Da drüben, im ruhigen Wasser einer Bucht, sieht sie die dunklen Schatten von zwei Fischen stehen.

Ihr großer Bruder Karl hat sie oft zum Fischen mitgenommen. Es könnten Äschen sein, die mögen das kalte und wilde Wasser. Wie es ihm wohl jetzt geht? Bilder aus der Erinnerung. Der Wörthersee, wie er daliegt und funkelt in der Sonne. Das Dorf, eingebettet in einen Wald über dem See. Die Kinderspiele dazwischen. Kathi kniet am Bach mit dem grünlichen Wasser und schaut auf die beiden im Wasser stehenden Äschen. Ihr kommt vor, die kugeligen Augen schauen zu ihr zurück. Das dunkel gepunktete Muster auf der grünblauen metallischen Fischhaut. Plötzlich schwimmen die Fische los und sind schon irgendwo versteckt.

Kathi folgt dem Wasser. Die Eigenschaften des Wassers, sich allem anzupassen. Die harten Felsen zu umfließen, um sie über Jahrzehnte oder Jahrhunderte abzutragen. Die Kiesel mit sich mitschleifen, die das ihre beitragen zur steten Erosion. Wie Wasser sein. Kommt Druck oder Widerstand, diesen umfließen.

Das nächste Dorf zeichnet sich ab. Der spitze Kirchturm einer katholischen Kirche. Um die Kirche Gasthäuser, eines stets die Post. Ein paar Bauernhöfe. Das eine oder andere Geschäft. Das Pfarrhaus, die Schule, das Bürgermeisterhaus, die Polizei. Die Trasse der Eisenbahn quert das enge Tal und umfährt das Dorf in einem Dreiviertelkreis, um die Steigung abzufangen. Denn es geht steil hinunter. Dann fährt die Eisenbahn durch das Dorf und es gibt ein kleines, schönbrunngelb gestrichenes Bahnhofsgebäude. Kathi geht zum Bahnhof. Dort könnten interessante Leute sein. Sie muss sich erkundigen, wo das Dorf ist, dessen Name sie immer wieder wiederholt. Es sind einige Leute da. Offensichtlich warten sie auf den Zug, denn sie stehen alle zusammen auf einer Seite des Bahnsteigs und manche schauen immer wieder Richtung Süden, als ob sie den Zug schon sehen könnten. Ein Mädchen, in etwa so alt wie sie selber, fällt Kathi auf. Lange dunkle Zöpfe und ein freches Lachen. Zu ihr geht sie hin. Sie grüßt sie freundlich. Fragt sie nach dem Weg nach Steinach. Und das Mädchen ist freundlich zu ihr, erlärt ihr, wo das ist. Nur eine Bahnstation entfernt. Kathi bedauert, nicht einfach mitfahren zu können, nach Steinach oder gar nach Innsbruck, das das Mädchen als sein Ziel angibt. Als letztes tauschen sie noch die Namen aus und machen ein baldiges Treffen aus.

Der weitere Weg ist nun vorgegeben: einfach entlang der Bahnstrecke. Im richtigen Dorf angekommen, sollte es einfach sein, den Hof zu finden. Dem Mädchen winkt Kathi nach. Dem Zug ist eine moderne elektrische Lokomotive vorgespannt, wie sie Kathi noch nie gesehen hat. Sie fährt mit Strom, der über den Gleisen in Drähten geführt wird. Ein Bügel in der Form eines Buchstabens führt vom Dach der Lokomotive an den Draht. Die Lok selber ist ein einfacher, irgendwie langweiliger Metallkasten auf Rädern. Das Mädchen hat Kathi noch gewarnt vor den Drähten: Wer ihnen zu nahe kommt, wird von einen unsichtbaren Feld angezogen und verbrennt dann innerhalb von Sekunden.

Sie geht am Gasthaus Post vorbei. Die Tür steht offen. Alle Gasthäuser stinken nach Fett, Rauch und Alkohol, auch untertags, wenn die Männer noch nicht da sind. Es ist eine Sache der Männer, das Wirtshaus. Dort saufen sie sich an und werden mitunter zu gefährlichen Monstern. Auf Kathis Weg waren viele Wirtshäuser. Manchmal blieb ihr nichts anderes übrig. Und in Lienz und Sankt Leonhard wurde es gefährlich. Aber Kathi kennt die Männer schon, gerade auch wenn sie betrunken sind. Schnell wie ein Fisch im Wasser rannte sie weg und schlief dann in einem Heustadl weit außerhalb von Lienz. In Sankt Leonhard beruhigte sich die Situation. Sie ist froh, an diesem Wirtshaus einfach vorbei gehen zu können. Nach ein paar Häusern findet sie sich auf einem schottrigen gelben Weg mit einer grünen Nabe dazwischen. Ganz grün ist das Gras und leicht feucht.

Die Luft ist kalt hier heroben, der Himmel ganz tief blau und die Wolken ziehen schnell. Sie riecht Schnee. Am Horizont die kalkblau zackige, teils mit Schnee bedeckte Bergkette, das – das hat sie sich sagen lassen – sei die Nordkette und dort

liege Innsbruck.
Nach zwei Stunden ist Kathi im nächsten Dorf, das um einiges größer ist. Die Kirche hat gar zwei Türme und ragt hoch hinauf. Pfarrkirche zum Nothelfer Erasmus liest sie an einem Schild. Ein paar Menschen gehen vorbei. Kathi überlegt, wen sie fragen soll. Am liebsten sind ihr Kinder und junge Leute. Dann die Frauen. Bei den Männern ist sie wählerisch. Sie meidet Polizisten, Soldaten und Amtsträger, die sie am feinen Tuch erkennt. Überhaupt reiche Leute, die haben wenig Verständnis für sie gezeigt und haben ihr fast nie mit ein paar Groschen ausgeholfen. Obwohl sie doch viele haben. Die Ärmsten, die Mägde und Knechte, die Kinder und einfachen jungen Leute in so schlechten Kleidern wie sie haben ihr am meisten geholfen. Den Pfarrer entdeckt sie schon, als er ums Eck der Kirche kommt. Etwas Böses ist in ihm, sie wendet sich geschickt weg, sodass er sie gar nicht bemerkt. Geht eine kleine Gasse hinein. Vielleicht sind hier irgendwo Kinder.

Die Kinder findet sie ein paar Häuser weiter. Im Halbschatten eines Kirschbaums. Sie spielen mit Holzfiguren: einem Pferd auf Rädern. Der braune Lack des Rückens und der Beine und die weißen Flecken darauf fasrig zersprungen. Auf roten Rädern. Der Schwanz ein blonder Bausch. Ein kinderhandgroßer Eisbär sitzt leicht schräg daneben im Gras. Seine schwarzen Knopfaugen glänzen, mit einem dünnen Ring Braun darin. Ein roter Ball. Bunte Bauklötze. Das Halbrund der Kinder. Alle blicken sie auf Kathi.

Der Fritzi, die Marie und die Lies haben Kathi schnell Auskunft gegeben. Natürlich wo der Hof der Anreiterin ist. Auf was man wohl aufpassen müsse. Den einen alten Knecht. Das Gasthaus meiden. Bloß vor der Anreiterin brauchte sie keine Angst haben. Das alte Haus der Moidl, dessen Fortbau Mitte der 20er Jahre eingestellt wurde, sodass die Moidl, nun ohne Mann, in einem halb fertig gestellten Haus wohnen müsse. Und noch dazu müsse sie das Haus nun mit einem oder mehren Geistern teilen. Fritzi erzählt von einem roten Feuergeist, der manchmal aus dem Kamin heraus schaue.

[...]

Der letzte Fisch

Mitten im Winter 1944, in einem Wald in den ukrainischen Karpaten. Der Schnee ist fast einen Meter hoch, es hat minus fünf Grad.

Max steht in nassen Stiefeln an den Baum gelehnt und wagt kaum zu atmen oder sich zu bewegen. Er lauscht den Anschuldigungen, die ein Wehrmachtsoffizier den Aufgegriffenen entgegenschreit, die dort, 20 Meter entfernt, am Rand der Lichtung stehen. Zersetzung der Wehrmacht, Desertation, standrechtliche Erschießung. Max kennt die beiden, sie waren zusammen unterwegs, zusammen ausgebrochen, abgehaut. Ein Stoßtrupp hatte sie nun aufgespürt nach drei Tagen Flucht. Während Max unterwegs war und gerade mit Wasser in den drei Feldflaschen vom Bach zurückkam, hörte er die laut vorgetragene Befragung und Aburteilung von Erwin und Horst inmitten von zehn Wehrmachtssoldaten durch einen Offizier. Er ist inzwischen zwanzig Meter entfernt hinter einem Busch, der seine braunen Blätter immer noch trägt, er liegt im Schnee, seine Hand auf einer der drei Flaschen.

Erwin fängt zu wimmern an, Horst bleibt ruhig. Ein Rhythmus von sieben Schüssen knallt durch den verschneiten Wald, das Echo. Das Fallen der Körper.

Der Offizier reißt den Erschossenen die Erkennungsplaketten von den Halsketten und steckt sie ein. Er gibt Befehl zum Aufbruch, und

die Truppe setzt sich nach rechts in Bewegung. Ein paar Minuten später hört er nichts mehr von ihnen, aber er bleibt weiter liegen, er zittert vor Aufregung und Kälte, sein Gesicht glüht, die Zähne klappern.
Max lauscht. Die Stimmen des Waldes setzen ein, Vögel zwitschern. Er seufzt. Bald beginnt die Dämmerung, er steht auf und geht zu den Erschossenen. Tränen rinnen ihm über die Wangen, als er die Gesichter der beiden sieht. Er zieht Erwin den Ehering vom Finger. Er kennt den Namen und die Stadt, in der die Frau von Erwin wohnt. Er steckt sich den Ring selber an den Finger, um ihn nicht zu verlieren. Er durchstöbert schluchzend die Taschen, die Hosen und Jacken der beiden. Er findet bei Horst Zündhölzer und ein Notizbuch, bei Erwin zwei Fotos von seiner Frau und von zwei Kleinkindern. Er nimmt die beiden Jacken mit sich, die große Jacke von Horst zieht er sich über die eigene, und die Jacke von Erwin bindet er sich mit den Ärmeln um die Hüften. Er möchte sie gerne begraben, aber Max hat Angst, und diese treibt ihn zum eiligen Aufbruch, außerdem setzt die Dämmerung gerade ein, es wird kälter und blauer. Er geht in den Wald hinein, mit den drei Jacken und Flaschen, einem Messer, einem Kompass (er geht in Richtung Südosten, weg von der Front und weg von den deutschen Truppen, so halb in Richtung des Feindes). Er hat vor, diese Richtung so lange einzuhalten, bis es ihm passend erscheint, anzuhalten und so was wie ein

Lager für die Nacht anzulegen.
In einem steilen Hang rutscht er auf Laub unter dem Schnee aus und fällt zu Boden, er fängt den Sturz mit dem rechten Ellbogen ab und bleibt eine Minute schnaufend liegen, bis ihm zu kalt wird. Er steigt durch den Hang ab, indem er sich immer wieder an den jungen Bäumen festhält. Das Harz an den Fingern. Der Hauch des Atmens rund ums Gesicht. Endlich der ebene Wald, dichter Mischwald. Der Schnee ist nur dreißig Zentimeter hoch. Hier sind die Chancen gut, einen Platz für die Nacht zu finden, unter einem Baum zur Not, das beste wäre eine Hütte oder einer Scheune oder eine Höhle. Das Mindeste bei einer Nacht unter freiem Himmel ist ein kleines Feuer. Max fängt an, Reisig zu sammeln. Er bricht die dürren, kleinen Äste der Nadelbäume ab. Nach einer geschätzten Stunde trifft er auf einen ungefähr einen Meter hohen, kegelförmigen Stein, quasi eine Miniaturausgabe eines Berges aus seiner österreichischen Heimat.
Max setzt sich hin und lehnt sich an den Stein. Er schnauft und horcht in den Wald. Nichts als Vögel. Einer schreit wie ein Rebhuhn. Dann Stille ein paar Minuten. Kalter Wind aus dem Osten setzt ein. Ein paar sehr kleine Schneeflocken im Wind. Max beschließt weiter zu gehen, um einen guten Feuerplatz zu finden, und auf einem Hügel unter den dichten Zweigen eines großen Nadelbaums lässt er sich nieder. Zuerst den Schnee, der hier gar nur zehn Zentimeter hoch steht, in einem Kreis von einem Meter auf

die Seite. Er wühlt den Boden leicht an, die Nadeln im Schnee werden immer mehr. Der Kreis um ihn ganz braun, mit den weißen Resten des Schnees darüber, in die Mitte schlichtet er einen Teil des Reisigs und die Äste zu einem zwanzig Zentimeter hohen Kegel zusammen. Er reißt eine Seite aus dem Notizbuch von Horst und knüllt das Papier zusammen, legt es in den Holzkegel. Er kniet nieder und aufmerksam und bedächtig, ganz nah am Papier mit all dem Holz daneben, reibt er ein Zündholz an, nicht zu schnell, damit es nicht knickt, und schnell genug trotzdem, um es zu entzünden, und schon der zweite Versuch gelingt und er zündet das Papier an, er pustet etwas Luft hin, knackend fangen Reisig, Äste und ein paar trockene Gräser zu brennen an, es wird heller, endlich Wärme, Entspannung.
Max lehnt am Baum, die Beine gekreuzt, und schaut in das kleine Feuer, stochert darin mit einem Ast. Alle paar Minuten legt er etwas Reisig nach. Er nagt an einem Stück Zwieback. Er kaut ein Blatt von dem Stück Weißkraut, das er noch hat. Max hat Heißhunger auf Fleisch, aber er kaut nur das Kraut, das ihm dann schwer im Magen liegt. Er lutscht am Zwieback, der dadurch irgendwie an Süße gewinnt.
Er muss jetzt Holz suchen gehen, weil das Feuer fast ausgegangen ist und kaum mehr Holz hier lassen ist. Er lässt alles bis auf die Wasserflasche und dem Messer hier. Er geht mit der Klinge in der Hand zu einem der Bäume und reißt und schneidet die trockenen, toten Äste heraus. Er

reißt Gras aus, weil es ganz trocken ist. Der Winter ist trotz des ganzen Schnees trocken, oder gerade dadurch: Das Wasser des Winters ist fast nur im Schnee gespeichert.
Er bringt Reisig und Holz zum Feuer. Er hat auch einen dicken, trockenen Ast gefunden, und legt sein Ende ins Feuer. Noch einmal in den Wald, nun hat er genug für die nächsten Stunden. Er leg sich nieder und schaut dem Feuer, auf der Seite liegend, zu. Legt Holz nach. Entspannt sich. Bilder der letzten Tage schießen ihm durch den Kopf. Immer wieder die Schüsse, dann die Gesichter der Toten. Mit dem Messer schnitzt er sich kleine Speere und härtet die Spitzen im Feuer.

Max wird müde und schlummert ein.

Die Kälte weckt ihn. Das Feuer ist ausgegangen. Es ist ganz dunkel. Kalter Wind weht um seinen Kopf. Er ist immer noch müde: er muss sich dazu überwinden, das Feuer zu entfachen. Die Hose ist nass vom Knien im Schnee.

Max denkt an die Wölfe, die sich durch das Feuer verscheuchen lassen, und an die Wölfe, die durch das Feuer erst angezogen werden, die Wehrmacht. Auf Fahnenflucht steht der Tod. Von oberster Stelle, Hitler selber: Der Soldat kann sterben, der Deserteur muss sterben.
Das Holz knackt im Feuer, wieder schläft Max ein.

Max wird im Sonnenschein munter, die Sonne steht ein wenig über dem Horizont. Er sieht sich um, sein Feuerplatz ist unter den dürren Ästen eines Baumes mitten im dichten Wald. Er beschließt, weiter nach Süden zu gehen, die Sonne nun links sein zu lassen, und dann, wenn sie am höchsten steht, auf sie zu zugehen. Im Wald ist der Schnee mehr als einen halben Meter tief. Endlich kommt er an einen kleinen Fluss und mit den Speeren, die er gestern geschnitzt hat, macht er sich auf die Jagd. Es dauert Stunden, bis er zwei Fische aufgespießt hat. Eigentlich müsste er weitergehen, das Tageslicht ausnutzen, doch sein Hunger veranlasst ihn, wieder ein Feuer zu machen und die Fische zu grillen. Zum ersten Mal seit mehreren Tagen stellt sich ein Gefühl der Sättigung ein. Er befüllt die Flaschen mit frischem Wasser und geht weiter nach Süden. Die Sonne ist schon wieder im Sinken und steht rechts von ihm. Durch den Wald, den Rücken eines Berges hoch, dann wieder hinunter, kommt er auf eine große baumfreie Fläche. Es scheint des Feld eines Bauern zu sein, jedenfalls entdeckt er den Quader einer Scheune im Schneefeld und geht eilig auf ihn zu. Es lagern Stroh und Heu darin. Im nahen Wald ist er wieder Holzsuchen und macht sich ein kleines Feuer, darauf achtend, dass es nicht übergreift und alles abfackelt. Er bleibt für zwei Tage dort. Er schläft sich im wärmenden Stroh aus. Er fängt in einem nahen Bach immer wieder Fische.

Es ist der Krieg selbst, der ihn weiter treibt. Nach zwei Tagen in der Scheune, er liegt nach dem Fischessen im Heu, hört er Panzermotoren. Sie bewegen sich eindeutig von Osten nach Westen. Auch ein Brummen, das von einem Flugzeug sein kann, hört er in der Ferne. Die Scheune ist ein zu eindeutig ausmachbares Objekt. Seiner Soldatenerfahrung nach muss er ein paar hundert Meter weiter, dort die Lage abwarten und eventuell wieder in der Scheune schlafen, sollte sich nichts anderes ergeben und sollte die Scheune natürlich nicht entdeckt werden. Er packt alles zusammen und geht, möglichst Spuren vermeidend, in den Wald. Er klettert auf einen Baum, von dem aus hat er ein wenig Übersicht über das Gelände. Eine halbe Stunde später zieht wirklich ein sowjetischer Trupp durch. Er hört und sieht nur die LKW, über hundertfünfzig Meter entfernt. Die Scheune interessiert niemanden, als er später zurückgeht, findet er nur seine eigenen Spuren.

Die Front geht gerade über mich drüber, denkt er sich. Er stellt sich die Generalstabskarten vor, die Frontlinien, und was das alles für ihn bedeutet; er möchte weder den Sowjets noch den Deutschen begegnen. Die Geschichten über die Kriegsgefangenenlager in der Sowjetunion sind fürchterlich, und bei den Deutschen droht ihm die standrechtliche Erschießung. Eine Laune des Schicksals, denkt er immer wieder. Die Erschießung der beiden anderen, als er gerade

Wasser holte. Dass ihn seine Deserteurskameraden nicht verraten haben! Und dass der Suchtrupp nicht auf die Idee kam, dass da noch ein dritter sein könnte. Wahrscheinlich kommen morgen noch mehr Sowjets. Er hat keine Ahnung über den Frontverlauf, wie in die Breite oder Länge gezogen die Rote Armee hier durchgeht. Jedenfalls ist das Waldgebiet sicher nicht strategisch wichtig wie etwa die nächste Siedlung im Westen. Die Panzer, die er als erstes gehört hatte, waren sicher die Vorhut, sie fuhren etwa zweieinhalb Stunden vor Sonnenuntergang an ihm vorbei, eine halbe Stunde später die Infanterie mit Versorgungs-LKW, sie müssen eigentlich schon dreißig Kilometer weiter sein.

Bei Morgengrauen klettert er mit seinem letzten Fisch auf einen Baum, und seine Vorsicht macht sich bezahlt, denn schon nach zehn Minuten hört er Panzer, wesentlich näher als gestern, und eine Viertelstunde später sind Soldaten so nah, dass er zumindest versteht, dass sie Rumänisch sprechen.

Die Rückholung

Die Mutter von K. war gerade vorletzten Monat fünfzig geworden und erfüllte sich einen lebenslangen Traum, wie sie es nannte. Sie fuhr nach Rom, um den Papst anzuschauen und zu Ostern den berühmten Segen urbi et orbi zu empfangen. Sie fuhr allein in den Süden, denn niemand wollte sie begleiten, ihr Ehemann nicht und auch die erwachsenen Kinder nicht. Beharrlich, langsam, vorsichtig, mit allen notwendigen und vernünftigen Pausen, ausgestattet mit Routen und Plänen, ließ sie Brennero, die Poebene, die Toskana an sich vorbeiziehen, in Richtung des ewigen Roms, alle Straßen führen dorthin. Ihre Planung sah vor, dass sie einen Tag vor dem Auftritt in ein Hotel einziehen würde, dort zwei Nächte verbringen, um am Tag dazwischen am Petersplatz sein zu können.

Angekommen in Rom, mühte sie sich dort durch das verschlungene Straßennetz, die Römer waren recht rasante Autofahrer, schließlich, mit einigen Mühen und Fragen an die Fußgänger wie „Scusi, Via Cesare?“, und Blicken auf den mitgebrachten Stadtplan fand sie das Hotel ALDO nach schnörkeligen Umwegen. Sie stellte den Wagen ab. Die Reservierung des Hotelzimmers hatte klaglos geklappt und sie war allein im kleinen Zimmer. Nach einer halbstündigen Pause verließ sie das Hotel wieder und erkundigte die Gegend, ließ sich ein wenig auf den Charme des Frühlings

in der Stadt ein, suchte („Scusi, Pizzeria, Ristorante?“) und fand eine Pizzeria und bestellte „pizza, aqua minerale“. Erschöpft fiel sie kurz später ins Bett und schlief schnell ein.
Am nächsten Tag war sie mit hunderttausend anderen Gläubigen am Petersplatz. Aufmerksam verfolgte sie die Zeremonie. Sie war bleibend beeindruckt von der Architektur des Platzes, sogar von den Tauben. Sie war nur ein Schaf in der Herde des Papa, schließlich fuhr der Papst mit dem Papamobil vorbei, als ein weißes Schemen hinter gepanzertem Glas.

Sie hatte ein paar Geschwister gefunden, Pilger aus Österreich, und verbrachte mit ihnen den restlichen Tag. Abends kehrte sie allein ins Hotel zurück. Am nächsten Morgen zahlte sie die Hotelrechnung und bekam den Reisepass zurück. Der Portier bestand darauf, dass sie den Kassenbon mit sich nahm. Sie machte sich auf zum Auto, es war nur zwei Straßen weiter geparkt, oder zumindest hatte es dort geparkt, denn das Auto war nicht mehr dort. Sie ging die ganze Straße ab, wechselte die Straßenseite, durchsuchte noch die angrenzenden Straßen, so als sich ob der Wagen ein paar Meter bewegt haben könnte, oder aber ihr Gedächtnis ihr einen Streich gespielt haben könnte. Aufgeregt ging sie zum Hotel zurück. Mit Hilfe ihres kleinen Lexikons erzählte sie dem Portier von ihrem verschwundenen Auto. Dieser reagierte stoisch, sagte nur „Carabinieri“ und machte der Mutter des K. ein Kreuz in ihren Stadtplan, die Stelle bezeichnend, wo die nächste Carabinieri-Station war. Sie fuhr mit dem Taxi zu den Carabinieri, und es dauerte ein wenig, bis ein Beamter da war, der auf Deutsch die Anzeige entgegennahm, und der übrigens, im Lauf der Erhebungen, mit einem Kreuz in einem anderen Stadtplan den letzten Parkplatz einzeichnete. Die paar notwendigen Details waren schnell geklärt, die Polizei würde alles tun, den Wagen wiederzufinden, es wäre durchaus möglich, dass das schon geschehen war, auf jeden Fall könne mit dieser Anzeige bei der Versicherung vorgesprochen werden. Sie sollte doch mit der Eisenbahn nach Österreich zurückfahren, der Bahnhof wäre hier: ein weiteres Kreuz am Plan eingezeichnet.

Zwei Jahre später (K.s Mutter war damals mit der Eisenbahn zurückgekehrt) erhielt sie Post aus Rom. Dem Schreiben, in dem die Sensation der Wiederauffindung des Autos mit nüchternen, bürokratischen Ausdrücken geschildert war, war ein Foto, vielmehr die Farbkopie eines Fotos des Autos beigefügt. Es waren die Motorhaube und die Windschutzscheibe zu sehen. K.s Mutter erkannte die österreichischen und italienischen Autobahnvignetten, die sie selber dort angebracht hatte. Der Brief schloss mit der Aufforderung, das Auto in dieser oder jener Straße abzuholen und sich dabei auszuweisen. Für K.s Mutter wog der Verlust des Autos schwer. Nun sie war geradezu glücklich, dass sich das Schicksal so zu ihren Gunsten entwickelt hatte. So findet alles doch noch ein gutes End, meinte sie zu ihrem Mann, dem sie von den Rückholplänen erzählte: Mit der Eisenbahn übermorgen nach Rom, mit dem Auto tags drauf zurück.

Es war eine lange Fahrt, und der Zug hatte einiges an Verspätung. In Rom angekommen, machte sie sich auf, zum selben Hotel in der Via Cesare wie damals beim Papstbesuch. Am nächsten Morgen schien ihr alles wie damals zu sein, derselbe Cappuccino, serviert von derselben Kellnerin wie vor zwei Jahren. Die Zeit schien wie stehengeblieben, und in dieser Ahnung von Ewigkeit erklärte sie der Kellnerin ihr Bedürfnis, nämlich nach einem unterstützenden Telefonat mit dem Amt aus dem Brief, den sie der Kellnerin vorlegte. Nach einem kurzen Telefonat der Kellnerin hatte die Mutter des K. einen Termin.
Etwa eine Stunde später sprach sie im Amt vor. Der Beamte verlangte von ihr in gebrochenem Deutsch und Englisch so was wie eine Lagergebühr (über 220 Euro), erst danach könne sie ihr Auto sehen. Widerwillig, doch dem Ziel so nah, bezahlte sie die Gebühr, und der Beamte machte sich sofort mit ihr auf zum umgitterten Parkplatz hinter dem Gebäude. Und tatsächlich, auf dem Platz mit Der-und-der-Nummer aus dem Akt, zwischen all den anderen Wracks, stand das

Auto der Mutter des K., aufgebockt auf Ziegelsteinen, weil die Räder fehlten. Die Spiegel abgerissen, eine Seite eingedellt, wobei auf der anderen Seite auch beide Türen fehlten. Das Rückfenster zerborsten. Die Hutablage voller Scherben.

Die Mutter des K. kehrte ohne ihr Auto nach Österreich zurück, die Lagergebühr stellte sich als Verschrottungsgebühr heraus. Dem K. selber kam sein Auto ein Jahr später in Russland abhanden, eine ganz andere Geschichte.

In der Zahnklinik

Die Zahnklinik liegt in der Sensengasse, deshalb hab ich ein mulmiges Gefühl. Kupferstiche mit dem Sensenmann kamen mir in den Sinn. Das ewige Lachen eines Totenkopfes. Die Zähne.
Das Gebäude ist recht neu, der Eingang scheint Hochsicherheitsfähigkeiten zu haben. Nach einem schicken Treppenaufgang links ein riesiger Empfangstisch mit zwei Empfangsdamen, die gerade in Gesprächen mit Patienten sind. Eine, die rechts sitzende, spricht mit einem Afrikaner sehr überkandidelt Englisch, kann aber seine Frage nicht beantworten. „Do you know this“, womit sie den Erlagschein zwischen ihren Fingern meint, aber der andere versteht nicht, bis er endlich etwas sagt, das ich akustisch nicht verstehe. Ich verstehe weiter, es geht bisher nur um einen Kostenvoranschlag. Der Mann steckt die Papiere ins Sakko. „I have to think about this and the money you want from me,“ sagt er noch und geht mit dem Ausdruck einer plötzlichen schweren Bürde.
Nun bin ich an der Reihe. Die Dame, perfekt geschnittener Pagenkopf, dunkelbraun, perfekt gefärbt, der Haut nach schätze ich sie auf 55. Nachdem ich das erste Mal da bin, schickt sie mich an die gegenüberliegende Wand mit den Erstaufnahme-Formularen, die mit Anamnese betitelt sind. Ich fülle alles ein außer die Telefonnummer und Emailadresse. Das Kleinggedruckte lese ich nicht, aber irgendwo

steht, dass Kräfte in Ausbildung enventuell auch behandeln. Zurück am Desk wird noch meine eCard verlangt, diese wird gesteckt. Irgendetwas Interessantes flackert am Schirm auf, den nur die Empfangsdame einsieht, die Mimik einer interessiert Lesenden in blaues, kaltes Licht getaucht. Ich habe nun kurz Zeit, das Gespräch nebenan mitzuhören. Die Bearbeiterin, Ende 20, mit dicker Brille und langen roten Haaren, zusammengebunden. Die Patientin leicht korpulent, rot gefärbte Haare, mit osteuropäischen Akzent, weist auf eine Freundin hin, die hier arbeite.
Jetzt verlangt meine Bearbeiterin noch einen Lichtbildausweis, ich meine, dass ich nur den Führerschein dabei habe. Kein Problem, sie vergleicht kurz das Foto darauf mit mir.
- Und Telefonnummer?
- Was brauchen Sie denn meine Telefonnummer? Sie werden mich doch nicht wirklich anrufen?
Sie durchstreicht das Feld mit einer großen Kugelschreibergeste von links unten nach rechts oben.
- Also wir machen ein Röntgen.
Ich meine, dass aufgrund des Zahnabbruches, der nur klein ist, kein Röntgen notwendig sei. Ich hätte letztes Jahr ja gerade eines gemacht. Ich habe keine Schmerzen, mein Zahnarzt ist auf Urlaub und kommt erst in zwei Wochen wieder, auf seinem Tonband habe er mir die Zahnklinik an der Universität empfohlen.
- Das wird dann eh die Ambulanz entscheiden.

Warten Sie jetzt bitte da im Bereich mit den rosaroten Anzeigetafeln.
- Ah, Sie haben mich jetzt angemeldet?
- Ja.
- Vielen Dank.

Schon nach diesem seltsamen Gespräch habe ich das Gefühl, dass das sehr lange dauern wird. Ich sehe die rosarot gestalteten Monitore, und damit sind Teile des dargestellten Signalbildes gemeint, rosa Balken unten und oben. In schwarzer Schritt steht da: Reihung mach med. Notwendigkeit. Jetzt weiß ich, es gibt eine prioritäten-geordnete Liste. Ich zähle noch die Anwesenden, vor allem versuche ich mir die Gesichter zu merken. Ich setze mich nieder, den Monitor gut im Blick.
In den Momenten, Minuten, Stunden vor der zahnärtzlichen Intervention bin ich immer versucht zu lesen. Ich lese drei Geschichten von Borges, bevor ich das erste Mal den Monitor und das steuernde System näher beobachte, weil etwas nicht passt. Mit einem Dingdong-Ton kündigt das System eine Aufrufung an, und dann, in schwarzen Lettern, weiß hinterlegt, stehen NACHNAME Vorname Kabinen-Nr. Auf weißem Hintergrund in dem rosaroten Rahmen. Und unten: Reihung nach med. Notwendigkeit. Und nach einer Minute Schweigen und Blicken von zum Teil schmerzverzerrten Gesichtern quer durch den Gang findet sich niemand mit diesem Namen voller Üs. Einer Seitentüre, mit der überraschenden Effizienz eines Insiders geöffnet,

entspringt eine Frau in hellblauen Overall. Ügüsügli! Ügüsügli! Spricht sie und zuckt dann die Schultern und verschwindet hinter der geschlossenen Tür. Ein paar Sekunden später. Dingdong: und SCHUBERT Eleonore Kabine3 wird angezeigt. Eine Dame erhebt sich und geht zum Ambulanzdurchgang. Es ist keine zehn Atemzüge später, als eine Frau, bekleidet mit Kopftuch und hellbeigen Trenchcoat, von der Röntgenabteilung herkommend sich niederlässt, unmittelbar vor dem Durchgang zu den Ambulanzkabinen 1-8. Niemand spricht ein Wort, und nach weiteren zehn Atemzügen stehe ich auf und mache das Offensichtliche, ich spreche die Frau an, die schon eine ältere Person ist, wie sich durch Blickkontakt feststellt, ich frage die Frau:
- Entschuldigen Sie, sind Sie Frau Ügüsügli?
Sie bejaht.
- Sie sollen auf Kabine 6.
- Oh. Vielen Dank.
Ich gebe zu, es ist der Triumph des guten Menschen, die nächsten zwanzig Atemzüge in der Wartezone Rosa. Die einen fragen nach. Die anderen warten geduldig. Die prioritätengeordnete Liste der medizinischen Notwendigkeiten wird abgearbeitet. Ein dumpfer darwinscher Instinkt.
Die nächsten Beunruhigungen folgen: Dingdong. KAINZ Roland Kabine 4. Dingdong FUSILIER Bertrand Kabine 3 Dingdong STOVANIC Mirko Kabine 4. Das ereignete sich innerhalb von drei Minuten und niemand steht auf und keine

Seitentüre öffnet sich.
Ich bin nach den Aufregungen der letzten Stunden so müde, dass ich einschlafe. Ich weiß nicht wann, aber das Dingdong weckt mich und ein weiblicher Name wird dargestellt, in der Frau, die zur Ambulanz geht, erkenne ich die Frau, die von ihrer Freundin erzählte. Ich schlafe dann wieder ein bis zu einem Dingdong und kann jetzt nicht mehr weiterschlafen. Aber ich habe ja jetzt den Borges: Das Aleph. Und: Ich habe das Buch schon über zwanzig Jahre. Es ist gelb geworden und ganz wellig, weil es offensichtlich mal feucht wurde.
Ich schaue in die Runde durch die Gesichter, der eine, etwa 30 Jahre alte Bartträger mit seinem pludernden weißen Hemd und den altmodischen Y-Hosenträgern ist noch nervöser geworden. Er war schon da, als ich mich hersetzte. Er steht auf und geht eine Runde durch die Zone Grün, 20 Meter hinter mir. Die beiden älteren Männer, die irgendwie zusammen warten, paffen schnell an einer E-Zigarette. Sie unterhalten sich schon lange nicht mehr. Die junge Frau, mit langen rot gefärbten Haaren und hellem, fast blauem Hautton sitzt immer noch auf der einzigen Bank ohne Rückenlehne. Ihre Brust rastet auf ihren Knien, sie trägt ein hautfarbenes Strumpfhemd, der Verschluss des Büstenhalters liegt einfach als Gipfel des Rückens da, schon seit einer gefühlten Stunde. Die Frau, so scheint es, nimmt dauernd Anmerkungen in einem A5-großen, grünen PONS-Wörterbuch vor.

Eine weitere Patientin tritt auf, und obwohl allen offensichtlich sein muss, dass sie die Röntgenabteilung sucht, die sich da, durch die Zonen Grün und Gelb, hier an die rosa Zone anschließend, in etwa 40 Metern Entfernung befindet, weil sie eben von der Anmeldung dort 20 Meter entfernt herkommt: Niemand reagiert. Vielleicht auch, weil die Dame, die ohne zu zögern sich in einen Seitenraum, einfach eine Seitentüre aufziehend, hinein gleiten lässt, um nach zwei Augenblicken wieder heraus zu kommen und abrupt zu den beiden Empfangsdamen zurück zu gehen, so als ob wir Dutzend gar nicht da wären. Vielleicht ist sie uns Wartenden auch zu schnell, und ehe ichs noch reflekieren kann, geht sie vorbei, schon mitten in der Zone Grün. Jetzt Gelb. Sie hat nicht weniger Sympathie als die anderen vor ihr, die ihre Ansage gerade verpasst haben oder den Röntgenraum nicht sehen konnten (er ist auch nicht zu sehen). Das Warten hat uns müde gemacht. Ich kann weder schlafen noch lesen. Der bärtige Hemdträger geht schnaubend eine Runde.
– Das gibs ja ned!
Neben mir führt einer in einem violetten Hemd ein Telefonat auf Türkisch, als die Frau aus der Röntgenabteilung auf ihre Stiefletten zurückgetappst kam. Sie setzt sich nieder und schon nach einer Minute stellt sie sich die Frage, die wir uns alle schon seit Stunden stellen, sie stellt sie wahrscheinlich auch an uns: Wird ma do scho aufgruafa?

Sofort setzt die junge Frau, die mir den Rücken zuwendet hat, ein: Ja. Dort – sie deutet zum Monitor empor – dort wird man aufgerufen.
- Und wieviele Stationen gibs da?
- Also ich kenne nur Station 2, 3 und 7.
- 1, 2, 3, 6 und 7 habe ich gehört, und ich bin schon länger da, wende ich nun ein.
Wir schauen uns alle kurz an, die eben dazu gekommene Frau, die Rothaarige mit der schlechten Haltung, der Türkischsprechende im lila Hemd und ich, als Dingdong eine HUBER Maria Kabine 6 ausgeschrieben wird.
- Oh, meint die Frau und geht schnellen Schrittes auf ihren Stiefletten zur Ambulanz.
Ich weiß nicht mehr genau, wie viele vor mir drankamen. Auf jeden Fall unmittelbar dann der Bartträger und der eine Typ von der Wand. Und die eine ältere Frau. Und dann irgendwann ich. Eine Sekunde bleibe ich sitzen, erst dann stehe ich auf und gehe zum Durchgang, auf dem das Schild Ambulanz mit einem Pfeil nach links angebracht ist. Im Gang sitzen im Halbdunkel noch ein paar Patientinnen und eine hilft, indem sie auf eine unauffällige Seitentür deutet und sagt: Hier ist es.
Ich öffne die Tür und trete ein. Zunächst gibt es hier einen Empfangstisch mit zwei Damen besetzt. Sie tragen im Unterschied zu den draußen, vor der Rosa-, Gelb- und Grünzonen sitzenden Damen, weiße Mäntel. Ich übergebe kurz den Laufzettel und werde dann zur Kabine 5 verwiesen. Dort, eine junge Frau und ein junger

Mann in Weiß, sie deuten mir, mich auf den Zahnarztstuhl zu legen.
- Also ... was hamma denn, fing der Drei-Tages-Bart-Mann im weißen Mantel an.
- Mir ist ein Stück von einem Zahn, vom 3-6-er wie Sie das nennen, abgebrochen. Links, Unterkiefer, 6. Zahn. Mein Zahnarzt ist auf Urlaub, auf seinem Band ist eine Ansage, er empfiehlt die Klinik hier.
Die Frau, die in einem Terminal immer wieder Notizen eingibt, ist stark weitsichtig und hat durch die Brillen riesige graue Augen. Auf ihren Wangen sind riesige orange-purpurne Landschaften mit graugrünen Seen von Talg. Der Mann hat einen sehr dichten Drei-Tages-Bart.
- Hm, lassen Sie mal schauen.
Mit dem typisch kleinen Zahnarztspiegelchen schaut er kurz in meinem Mund.
- Haben Sie Schmerzen?
- Nein.
- Hm. Ich kann Ihnen nicht helfen. Ist der Zahn wurzelbehandelt?
- Ich nehme schwer an.
- Ein wurzelbehandelter Zahn ist wie ein morscher Baum, fängt er nun zu dozieren.
- Oh ja, ich weiß das. Bitte erzählen Sie mir nichts.
- Da kann ich Ihnen nicht weiterhelfen. Am besten gehen Sie in zwei Wochen zu Ihrem Zahnarzt. Ich könnte nur jetzt ein wenig abschleifen, wenn es an der Zunge oder an der Wange kratzt. Dafür sind wir da.

Was sollen wir für Sie tun?
- Den Verfall des Zahnes stoppen.
- Das können wir nur mit einer Krone.
- Und die kostet viel Geld.
- Ja. Also wie gesagt: Wenn Ihr Zahnarzt eh in zwei Wochen wieder da ist, gehen Sie zu ihm.
- Ok. Ich verstehe.
- Moment! Nur noch von der Frau Doktor absegnen lassen.

Dann geht er weg, ums Eck, vielleicht in die nächste Koje, um sofort wiederzukommen und den Laufzettel mitzunehmen.

Der Ofen

Die Zeit vor ihm war keine ofenlose, aber eine sehr mühsame. Ich zog hier ein und die Vormieter ließen mir einen kleinen Heizölofen. Erst bei Einbruch des Herbstes, und nachdem es schon empfindlich kalt geworden war, widmete ich mich der Heizung so gut ich konnte, denn damals war ich jeden Tag bei einer Firma engagiert und schrieb den ganzen Tag nur Code, den ich jeden Tag ein wenig mehr hasste. So blieb mir nur der Samstag, den ich zuerst zur Hälfte verschlief. Nachmittags machte ich mich auf in einen Baumarkt, um zwei Kanister à 15 Liter zu besorgen. Mit diesen fuhr ich mit der U-Bahn zum sieben Stationen entfernten Praterstern, aber die dortige Tankstelle führte kein Heizöl. Später erfuhr ich, dass dieser Tankstelle die Heizöllizenz entzogen worden war. Bei Routinekontrollen der Polizei wurden Proben von Diesel im Tank der Autos entnommen. Der Diesel war rot wie Heizöl. Alle Fahrer beteuerten, sie wären unschuldig. Es ergaben sich Rückschlüsse auf eben diese Tankstelle. Die Ermittler fanden schließlich heraus, dass die Tankstelle den teuren Diesel mit günstigerem, aber rot eingefärbtem Heizöl streckte. Ich kannte noch eine kleine Tankstelle in einer Wohnstraße, die aber gut zehn Gehminuten entfernt war. Angesichts der einbrechenden Dunkelheit und Kälte überlegte ich nicht lange und brach zu dieser Tankstelle auf, weil jede andere viel weiter entfernt war oder gar nicht an der U-Bahn lag. Ich hatte das Glück, dort zehn Minuten vor Ladenschluss anzukommen und tankte 30 Liter Heizöl für etwa 15 Euro. Ich schleppte hart an den über 30 Kilogramm. Irgendwie musste ich beim Betanken nicht aufgepasst haben, denn es war etwas Öl über die Kanisteröffnngen hinausgelangt und hatte sich am Kanister angesetzt. Ich hatte das Gefühl, in einer Dieselwolke durch die kalte Nacht zu gehen. Auch dann, endlich in der U-Bahn, die Dieselwolke, und endlich, zittrig müde Arme, alle zweihundert Meter pausiert, die beiden Kanister immer wieder getauscht, war ich in meiner kalten Wohnung. Dort stand der eiskalte Ofen aus Metall. Noch nie hatte ich einen Heizölofen bedient oder befüllt. Es stellte sich alles als einfach heraus, da war ein Verschluss, der sich bequem aufdrehen ließ. Ich ließ durch den Zufluss etwa einen halben Kanister Heizöl hinein. Durch die Schlepptour von der Tankstelle etwas unaufmerksam, schüttete ich beim Absetzen einen ordentlichen Spritzer Diesel zu Boden. Diesel nannte ich das Heizöl von nun an, weil es ja derselbe Treibstoff war, nur rötlich eingefärbt, und so markant roch. Gut eine Woche lebte ich neben der bescheidenen Dieselwärme im Dieseldunst, der meine ganze Wohnung einnahm, inklusive der Kleider in den Kästen. Nach der anstrengenden Erstversorgung mit der U-Bahn ergab sich eine angenehmere, weil nämlich eine Bekannte mit einem Auto vorbeikam und eine Runde zum Praterstern und zurück ein netter Ausflug für uns war. Eine Woche später hatten sich die Vorräte wieder erschöpft. Mir fiel ein, dass ich im Keller noch einen Gasofen hatte, wie er in Werkstätten oder Ateliers zum Heizen verwendet wird. Ein riesiger Blechquader auf Rollen, vorne die Brennfläche, und dahinter der Platz zum Einstellen der 25-Liter-Gasflasche. Er war hinter all den Schachteln, dem alten kaputten Rad, den Hölzern und Brettern herauszuholen. Ich stellte ihn beim Einzug als ersten Gegenstand in den Keller. Ich schleppte das riesige Ding dann quer durch den Keller und die enge Kellertreppe hoch. Das Anstrengendste war das Öffnen der zweiten Flügels der Wohnungstür, der fixierende Metallriegel am oberen Ende der Tür zum Türstock hin war offensichtlich schon seit langer Zeit nicht mehr geöffnet worden. Der Hebel saß anfangs fest. Ohne den geöffneten zweiten Flügel passte der Ofen aber nicht durch die Tür. Schließlich saß ich erschöpft im Sessel dem Gasofen gegenüber. Die Wohnungstür hatte ich wieder verriegelt, meine Hand schmerzte und durch die viele Bewegung war mir nicht einmal mehr kalt. Nach einer Entspannungszigarette schaute ich mir den Gasofen genauer an. Ein Schlauch führt zu einem Ventil, dann weiter zur Heizfläche. Ein Feuerzeug in der einen Hand, drehte ich mit der anderen das Ventil auf und konnte das Ausströmen von Gas hören. Dadurch leicht beunruhigt, versuchte ich möglichst schnell, das zündende Feuerzeug dort unten in die Mitte der

Brennfläche (eine Düse umgeben mit rußigen Anzündspuren) zu führen, immer wieder zündete ich das Feuerzeug. Mit einem Wupp entzündete sich nach dem vierten oder fünften Zünden die ganze Brennfläche und es roch im Raum kurz nach den verbrannten Haaren meines Unterarmes. Wohlige Wärme breitete sich unmittelbar im Raum aus, ich setzte mich in den Lehnstuhl und schlief schnell ein.

Ins Kaffeehaus

Das Telefon läutet, als ich gerade die Wetterprognose für die nächste, die zweite Novemberwoche sehe, durchwegs 15 bis 18 Grad, was sensationell ist. Der Anruf kommt von einer dem Gerät unbekannten Prepaid-Nummer eines Diskonters. Ein Läuten lang zögernd, nehme ich das Gespräch an und zunächst kann ich das Englisch des Anrufers kaum verstehen. Lucio klingt so anders, dass ich ihn zuerst nicht erkenne, obwohl er fehlerlos dreimal „Hello, this is Lucio“ antwortet auf mein „What?“ und „Who?“ und „Please repeat“. Etwas hat seine Stimme verstellt, und schon nach kurzem Gespräch stellt sich eine mögliche Ursache heraus: Emmanule hat ihn verlassen, nachdem er in Geneva war, ich wisse doch, dass er in Geneva, oh das wisse ich gar nicht. Wir verabreden uns im Cafe H.

Das Cafe H., in dem ich manchmal bin, ist wie in einer anderen Zeitdimension gelegen. Gewisse Zeitachsen verändern sich gar nicht, andere wie gewohnt und andere scheinen gar nicht vorhanden. Eine Quetschung, Zerrung der Raumzeit. Gewiss, die Kellner altern wie alle, aber das Interieur des Kaffeehauses scheint aus eine Zone der Unabänderlichkeit zu ragen. So steht der laut brummende Kuchenkühlschrank schon länger hier als die meisten Gäste alt sind, ebenso wie das meiste Mobiliar. Die Tarockrunde scheint neben dem Kühlergeräusch wie geräuschlos und stumm. Wie immer quere ich den großen vorderen Raum, der kaum besucht ist, und setze mich ins Hinterzimmer, das zur Gänze leer steht, weil das Rauchen hier noch erlaubt ist. Das Zimmer verfügt über sechs Tische, und rundherum sind andere Utensilien des Kaffeehausbetriebes wie Gartentische und -stühle, Sonnenschirme und jede Menge Aschenbecher zwischengelagert. Die rosa Spezialvorhänge sind vor welligen Glas. Ein gelber, von nikotinbraunem Staub überzogener Ventilator ist in eines der Fenster eingelassen und steht still. Eine Uhr hängt über der Uhr, sie zeigt 18:45. Hier in dieser Dimension ein erster Anhaltspunkt.

Lucio erscheint pünktlich, während der Kellner noch nicht da war. Dies ist im üblichen Zeitfenster und meist – auch heute – lockt der zweite Gast im Hinterzimmer den Kellner sehr schnell herbei. Wir haben uns gerade begrüßt, als sich die Tür überraschend öffnet und unser Kellner da ist, in einem weißen Mantel, wie ihn sonst Ärzte, Apotheker oder Chemiker tragen, und wie es wahrscheinlich im 20. Jahrhundert wohl auch in der Gastronomie üblich war, die Mode, die Zeiten, die Zeitachse. Wir bestellen beide Alkohol, weil er die Zunge bei den anstehenden tristen Themen lockern kann, und nichts ist für den State-of-shock-Lucio besser als im Gespräch mit jemandem, der in Grundzügen mit der Sache vertraut ist, die Geschichte noch einmal durchzugehen, zu fassen und darzustellen. Der Kellner stellt das Bier für Lucio und das Viertel für mich ab. Drei Viertel Liter Medizin. Er bleibt auf ein kurzes Schwätzchen, den Arm abgestützt am Tisch, als ob er fühlt, was der Tisch so zu sagen hat über unser Gespräch, das noch nicht wirklich begonnen hat.

Die Pille

Heute träumte mir, ich kaufte in einer düsteren Bar eine türkise Pille in Diamantform. Eine Russisch-Pille versprach mir der Verkäufer im Lärm der Nacht, schon morgen würde ich des Russischen mächtig sein, ich würde es verstehen und nach und nach würde ich mir den Akzent anlernen. Und ich, nur um meiner russischen Bekanntschaft zu imponieren, kaufte die recht günstigen Fitmacher, um sie sofort einzunehmen. Doppelte Dosis, wurde mir geraten.
Morgen, dann, nach dem Schlaf: Доброе утро! Dobre utra? Guten Morgen!

Panta rhei

Alles war immer im Fluss.

Unter meiner Zunge Lilalong wohnt ein Fluss. Er bringt Wörter wie die Donau die Schiffe wie der Evros die Mariza Menschen.

In meinen Augen sind die Bilder. Und wenn ich meine Augen schließe, bist da du. In den Ohren rauscht das Meer. Manchmal ein Radio.

In Bäumen singen die Vögel. Auf der Insel sind Bäume und dazwischen hören wir Polizeiautolautsprecherverbotsdurchsagen. Was ist schon verboten? Was ist noch relevant? Wie hart können wir fallen? Es gibt jeden Tag einen Fluss aus Zahlen. Es gibt Wellen. Es gibt Wasserfälle. Wasser kann hart sein. Darin ein Netz. Für Fälle. Fische haben keine Felle. Nicht einmal die großen.

Alles verbindet ein Netz. Wir müssen nur die Punkte verbinden. Die Flecken an der Wand seien die besten Bilder, meinte Leonardo. Die Inkas sehen ein Lama, wir einen großen Bären. Wir wählen seine Nummer und rufen ihn an. Die Amerikaner sehen einen Schöpflöffel. Ali nennt diese Sterne den großer Mädchensarg, das W der Kassiopeia, er kennt es als Stuhl am Rücken des Kamels, den Stern Wega kennt er als Herabstoßenden Adler. Wenn Menschen die

Sterne betrachten, sind sie auch auf ihrer Haut, versichert er mir.

Der schwarze Hut

Es war am letzten Nachmittag meiner Zeit in Paris mit X. Ich ging zum Boulevard Saint Michel, um dort, ein Straßenecke weiter, wieder einen schwarzen Hut zu erwerben, von derselben Art – mit der schmalen Krempe – wie etwa zwei Wochen vorher, nur eine Größe kleiner. Der letzte Hut war vom Wind in die Seine mitgenommen worden, ein so überraschender Stoß, dass ich überhaupt nicht reagieren konnte und dem Hut nur kurz nachlachte. Ein schwarzer Schlappen im Grün der Seine.
Ich packte den neuen Hut in den Koffer.

Mit X sprach ich kurz um vier Uhr dreißig. Müdigkeit und Abschied in ihrem Gesicht. Ich ganz hektisch. Wir sollten uns jahrelang nicht mehr sehen. Mein Flugzeug hob um 7:45 ab. Schon Stunden vorher im Nachtdunkel mit der RER hinaus zum Flughafen. Der Saint Michel um 5:10. Mit dem Lift fuhr ich nach unten. Wie ein Abstieg aus dem Himmel von Paris in eine niedrige Sphäre. Die RER fährt da in einem leichten Bogen entlang der Seine. Noch nie hatten wir uns so gestritten wie damals im Innenhof des Louvre. Die Pyramide im orangen Licht. Die paar Touristen rund um uns entfernten sich bald.
Die Vorstadt im Grauen. In den Zugfenstern spiegeln sich die Deckenlichter und draußen färben die Lampen den Nebel orange. Der Zug

ist halb besetzt. Es ist alles still. Nur Blicke in die Spiegel der Fenster oder Handys. Ich weiß noch genau, dass ich die Stadt im Gefühl verließ, ganz bestimmten bald wieder zurück zu kehren. Und tatsächlich hatte ich bereits einen Flug sechs Wochen später gebucht. (Ich sollte ihn verfallen lassen. Ich sollte auf die Uhr blicken, beim Ausrufen meines Namens, zwanzig Minuten vor Abflug.)

Zurück in Wien, blieb der Hut ein paar Monate im Koffer. Zusammen mit all dem Zeugs aus Paris wurde er erst ein halbes Jahr später wieder hervor geholt. Er missfiel mir, so blieb er ein Jahr im Schrank, bevor ich ihn überhaupt wieder in der Hand hatte.

X. traf ich noch ein paar Mal vor ihrem Tod. Sie war zwei Jahre in Paris. Es kam zu einem Treffen. Mir kam vor, sie hatte etwas in Paris gefunden, das sie gesucht hatte. Das war wie abgetan. Sie war schlecht beisammen. Nach hundert Metern durch den Wald musste die sonst so kräftige Spaziergeherin stehenbleiben. Ein Griff ans Herz. Atem holen. Sie ging so langsam wie eine alte Frau. Davon erholte sie sich wieder. Die anderen Male war sie wieder kräftig und fröhlich. Plötzlich hatte sie Geldprobleme. Dann hörte ich ein paar Monate nichts. Die Nachricht von ihrem Tod war eine plötzliche, niederschmetternde Explosion.

Blockiert mit Mittelpunkten

Analysieren · kann easy sein wie mal nach Salzburg die Katzen von X besuchen · Schiele sah ich im Leopold (*) und es gab schon Gerüchte einer Ausgangssperre die die Politik sofort negierte um Ausgangssperre dann umzubenennen und ein paar Tage später als Ausgangbeschränkung doch zu installieren · allein wie ein Fragezeichen ? ohne Frage in einer (Comicbubble) · suchte ich das Fieber der Spanischen Grippe in den Bildern von Egon Schiele und fand es in Blicken und im Haus am Fluss · im Museumsshop · ich schaue fast alle Postkarten an um dann nur eine zu kaufen · das Paar im Liebesakt wie überrascht · orange und grün · mit dem Personal konversiere ich auf Französisch · das nahmen sie mir ab · ich ging wohl durch als ein Überbleibsel des Arabischen Frühlings · es fällt mir im Tanz durch das Museumsquartier da am 6. März vom Kondensstreifenabend ein losgekettetes Blau zu · vertauschen wir doch unsere Ängste · ich trinke Espresso macchiato und rauche · es reicht Sonnenbrillen zu tragen in diesem Moment · diese Tiger der Angst sind schon ganz fett und krank weil wir sie nur füttern · spielen wir mit ihnen · sprich Regungen sofort aus · immer in Serifen und Scheren · Steinsehnsucht Zwölfuhrdreißig · Pigmentvermessereignisse · Tupfer, rot · der Ruderhügel · Seelenmüde mit Wein da · tröstet nun Baumhände · Und

Hautfarbe die im Wald explodiert · Speisewagenblickbekanntschaft · zweihundertfünfundfünfzig · und Aufregung · Algorithmus der Zigarette · Hauch · Der Dunkelherzigen, da · überlege nicht · um Brust und Blöße · Sibirien, du Fledermaus · Lichtüberlegenheit vertraute Raubtieren · Funkelaugenpartie · Glitzern · wir erklären Mustern die Haut · alle sibirisch: ein Mondphasen!-Afrika · Innenarchitektur · ein dutzend Geschwistermomente · und weißrosa look · Zwischenzeit weiß später einen Schierlingsbecherrat · Bald gehen wir schlafen · Gut versteckt zeichneten wir zwei uns ein brisantes Treffen · ein Isolationsdazwischen · ins Tiefrot! ins Tiefrot!

Teile

Τι χρώμα έχει το Έδαφος; Γκρι.
Ti chroma échei to edafos? Kaphé.
Welche Farbe hat die Erde? Braun.

Ich zeichne. Die schwarze Spitze des Stiftes fährt zum Papier und der Stift nähert sich seinem Schatten an und sobald er ihn trifft, zeichnet er seine schwarze Spur auf das papierne Weiß. In der Mitte eine Tür. Säulen tragen ein Epistel. Links davon lehnt der Kopf, auf dem Halsansatz stehend, an der Wand, auf einen riesigen Sockel. Zwischen Kopf und Tür ein Knie und die linke Hand, der Zeigefinger gestreckt gen Himmel, die anderen Finger angezogen, auf einem Sockel, so groß wie die Hand selber, und halb so groß wie der Sockel des Kopfes. Unmittelbar rechts der Tür ein Unterarm oder ein Stück eines Beines, daneben auf einem großen Sockel der linke Fuß. Schließlich noch ein Stück Bein oder Knie.
Wir sind hier mitten unter Touristen auch nur Touristen. Die meisten sind die typischen Städtereisenden. Ab 30, Hemden, Kleider, Sonnenschutz, Brillen, Cremen. Ein paar Inseln von jugendlichen Reisegruppen dazwischen. Eine Armada an Smartphones fotografiert. Die Reste von Kaiser Konstantins Kolossalstatue sind hier

im Hof des Kapitolinischen Museums ausgestellt. Der Kopf ist drei Meter hoch. Konstantin der Siegkaiser. Seine Legionen, ausgestattet mit den Insignien der Christen siegten. Konstantin war für das Christentum wichtiger als Jesus Christus, schnappe ich irgendwo auf.

Im Hof des Vatikanischen Museums, unweit der prominenten Laokoon-Gruppe, steht eine drei Meter große, marmorne Nase.

Wir waren mit einem Sonderangebot im Nachtzug angekommen. Schon in Wiener Neustadt war klar, dass jedes der Betten im Abteil besetzt sein würde. Und wir waren uns auch darüber einig, dass wir beiden Pärchen damit spekuliert hatten, das Abteil für uns zu haben. Er war ein riesiger, kugeliger, starker Mann, ein Koch, wie sich herausstellte. Sie war ganz klein, zierlich, dünn und fein, eine Zwergin neben ihm. Sie hatte einen Stadtplan von Rom dabei und machte schon Pläne. Termini, Colosseum, zum Münzbrunnen. Er war gestresst und mürrisch. Als wir mit etwa 100 Minuten Verspätung um zehn Uhr vormittags in Rom einfuhren, verfluchte er nochmal die Zugfahrerei. Er werde in Zukunft wieder mit dem Niki fliegen. Die feste Kugel seines Bauches, die Halbkugel der Glatze, die herausstehenden Augen, die elliptischen Unterarme vor dem gestreiften T-Shirt.

Am Termini angekommen, gingen wir nur zwei Ecken weit und ließen uns nieder. Wir tranken Cappucchino in der milden Oktobersonne. Der

Platz ist ruhig, irgendwie sanft im Vergleich zum intensiven Napoli, in dem wir immer wieder waren, und wohin wir noch weiterfahren würden. Ein paar Schritte ins Hotel und wir stellten das Gepäck unter. Noch war es zu früh, das Zimmer zu beziehen. Wir wollten ohnehin in die Museen.

Die kolossale Nase erinnerte mich an eine Plastik des fast unbekannten Künstlers Orfeus Kharms. Er goss metergroße Augen, Nasen, Münder, Hände und Ohren aus Gips und nannte sie Apparate: den Hörapparat für das Ohr, den Sehapparat für das Auge, den Riechapparat für die Nase usf.

Wir standen hier im Gehirn, in den Grauen Zellen, dem Museum und/oder der Schatzkammer einer Bestie, wenn wir den Vatikan so benennen wollen. Über fast zwei Jahrtausende angehäuft, ausgestellt in den Sälen und Höfen des Museums, das sich über mehrere Gebäude zog. Unsere Tour dauerte zehn Stunden.

___ing*_n

I_h bin vo___*r Unruh*, un_ v*r_a___* _i* _ohnung. Ein paar _*_*r _*n F_u___ hinun_*r gib_ *_ *in* _ar. E_ i___ j*_z_ *in* gu_* Z*i_ hinzug*h*n, a___ _*_ohn*r _i*_*r ___a___, _o gro_ _i* *in ba___i___h*_ _or_, ha_ _ir _*r ba___i___h* Na_hbar v*r_i_h*r_ – *r _*b_ z_*i ___o____*r_* -b*r _ir, _pi*___ Gi_arr* un_ ___u_i*r_ hi*r _u_i___i___*n___ha___*n, ___hr*ib_ _i* _o___orarb*i_ -b*r F_a_*n_o, _i* Gi_arr* i___ _p*zia_g*_*r_ig_ au_ _*vi___a.
E_ i___ _i___*rna_h_, un_ _a_ i___ j*n* Z*i_ in _*r _ar, zu _*r _i* _ang_*i_ig*n _*n___h*n na_h Hau_* g*h*n, un_ _i* in_*r*___an_*n b_*ib*n, _i* _ar _**r_ _i_h bi_ 1 Uhr, _ann _o___*n _i* Na_h____h_är_*r.
I_h _*hn* an _*r _ar un_ _rin_* Rioja. I_h b_i___* h*ru_, ni_h___ un_ ni*_an_ In_*r*___an_*_. I_h hor_h* _*n _*a___ _*_ _J_ zu, _ro_z a___*_ – h*u_* i___ *_ *in_a_h _a_ hi*r – _*g_ *r _u_i_ au_, a___ _är* hi*r *in* gu_* Par_y.
_i* _ar _p*rr_ a___o zu, un_ *in paar b_*ib*n hi*r, no_h *in paar G_ä_*r _*in, *in paar Join___ un_ zu_ ___h_u_ *in T*qui_a. _*in* Unrug* b_*ib_, un_ i_h _*h* ihr ruhig zu, _i* *in _pazi*rgäng*r a_ _**r, _a_ _a _ob_. _i* _*___n*rin ro____ no_h *in* Join_, ihr* ___i___*, _i* ___hau_ _ir in _i* Aug*n, a___

_i* _i* ___ä___*r ab_*____, u_ _i*
ab___h_i*_*n_ zu_a___*n zu___*b*n. A___*_
_a_ziv, un_*r _pannung, *in* _pannung, _i*
ni*_a___ _i_h _*g*n _ir_, j*_*n_a____
ni_h_ hi*r un_/o_*r h*u_*. _ir g*h*n a___*,
_ir gr-_*n un_, un_ i_h g*h* _*i_*r, in _i*
nä_h___* _ar.

_or_ _i*_*r Rioja un_ _a___*r. I_h hab* _*n
_un_*r___hön___*n Ro___*inrau___h, _a_
___u_, *___a_ _*in*n _ru___ vo_ A___oho_
*rhöh_, p*i____h_ _i_h _ur_h _i* A_*rn,
_ä___ _i* h*rau___r*_*n au_ _*_ _örp*r.
I_h r*_* _i* *in* an, _i* _a a___*in an _*r
Th*_* _i_z_, *___a_ _orpu_*n_, _i_
_ri___*, _ang*n Haar*n, _i_ ri*_ig*n _r-
___*n, _i* ihr T-_hir_ au___pann*n. _i*
v*r___*h_ ni_h_ _o_or_, irg*n___i* _o___*n
_ir in_ G*_prä_h, _i* _i___ _ann
p_ö_z_i_h _*in* T*_*_onnu___*r, _i* i_h
ihr au____hr*ib*. _*r _ar_ann gib_ _ir
Z*___*_ un_ ___i___, ___*____ _*in*n _op_
zu _ir h*r un_ _*in_: _o___, _a___ _a_.
_*in* _*___ung b*___-g*___ _i_h, i_h r*_*
_i_ _*r Frau, _i* p_ö_z_i_h _i*
au_g*_*____ ___h*in_, _ir _rin_*n. _i* _ar
___h_i*___, _ir v*r_a___*n _i_ _*_ _ar_ann
un_ *in paar an_*r*n _i*_*n Or_, _rau_*n
_ir_ *_ h*___, i_ O___*n ahn*n _ir _i*
_onn*. I_h _rag* _i* b*i_äu_ig, ob _i*
_i_g*h*n _i___, _i* _ag_ *in_a_h Ja, *___a_
_*i_*, *_ i___ _i* *in En____h_u_, zu _*_
_i* _i_h _u_ig _ur_h_räng_. _ir g*h*n zu

_ir, _i* Vög*_ _ing*n no_h, _ur_h _*n _ypi___h*n A_____a_____*rn _*_ _i___*_*uropäi___h*n ___ä____h*n_, _*n F_u_ hinau_, _i* Tr*pp* hinau_ in _*in* _ohnung, _i* _*_z_ _i_h _o_or_ in_ _*___, au_h _*i_ *_ _on___ *ig*n___i_h no_h___ zu_ _i_z*n gib_, i_h _*_z* _i_h _an*b*n, un_ ohn* _ang zu zög*rn _-___*n _ir un_, na_h un_ na_h zi*h*n _ir un_ au_, _ir r*iz*n un_ ho_h, _ir _in_ b*i_* *in_a_h g*i_, un_ i_h ___hr*i* _a___, a___ _i* *n___i_h _*in*n ___h_anz ni____, un_ i_h _i___* ihr* Fau___, _*in* Han_ _i____ ihr* ___i_ un_*r _*_ ___ip zu*r___, _ann ___h_-p_*n _i* Fing*r un_*r _*n _*g_pr*iz_*n ___o___, _i* _ag *_ *in _*nig här_*r, _ir _o___*n ___hr*i*n_, un_ _i* ___h_ä___ *in. I_h bin _i* *rn-_h_*r_, ___*h* au_, ho_* _i* _a_*ra un_ _o_ogra_i*r* ihr*n _*___*n, pra___*n Hin_*rn, _*r _i_h _a in _*in*_ _*___ g*g*n _i* _onn* r*____, i_h gr*i_* _i* au_, _*in* Fing*r _i* ri*_ig* ___ra___* Ha_b_ug*_ ihr*_ Ar___h*_ *n___ang in ihr*r _pa___* hin*in, _i* zu zu___*n an_äng_, ohn* _a___ _i_h _i* R*g*___ä_i_*i_ ihr*r ___h_a_a_*_z-g* irg*n___i* än_*r_. I_h _r*h* ihr*n Ar___h _o, _a___ _*in* ___h_anz z_i___h*n _*n _ug*_n ihr*_ Hin_*rn zu _i*g*n _o____, ob_oh_ _i* _i_h *_*___. I_h ___h_a_* _o _i*_*r *in.

_ir *r_a_h*n, _i* i___ unpro_*___ion*___, _*n_* i_h, _i* _i* na_h *in*_ _a___** in

ihr* _ohnung ___-_h_*_. _ir _*_*_oni*r*n
a_ nä_h___*n Tag, un_ *in*n Tag _pä_*r
_o___* i_h u_ 18h zu ihr, *_ i___
_pä___o___*r, _ir qua____h*n *in bi____h*n,
_ir _in_ b*i_* ganz n-_h_*rn, *_ i___ ba___
_un_*_. _i* ha_ *in* _ang_*i_ig* _ohnung,
ihr ___o_*___ ha___ *in*n ___oring, _*r
_ur_h_i_h_ig i___, un_ ang*_-____ _i_
*in*_ _u_z*n_ _är_h*n. E_ ___in___
p*n*_ran_ na_h *in*_ Pu_z_i___*_. (_i*_*r
G*___an_ i___ i___*r no_h in _*in*r Na_*.)
J*_z_ _in_ _ir b*i_* ganz n-_h_*rn, _ir
_in_ b*i_* ganz ___h-_h_*rn, ab*r _i*
bi*_*_ _ir *in* F_a___h* Ro___*in an. E_
*in*_ _ö___h*n _ra___ _i* Ha___hi___h
h*rvor, _i* _*in_, _i* hä___* *_ *x_ra _-r
un_ b*_org_. _i* ___i___ung i___ _ro_z_*_
___h_i*rig. I_h bi*_* ihr *in _pi*_ an.
- _*___h*_? _i* _o____ _ir g*quä___ un_
bru_a_ g_*i_hz*i_ig vor.
- - E_ n*nn_ _i_h _*_*h_ o_*r An___or_.
_ir _önn*n ab_*_h_*_n_ _*_ an_*r*n vor
_i* _ah_ ___*___*n: _*_*h_ o_*r An___or_.
_*r an_*r* _äh___ au_, _*r *in* ___*____
*in*n _*_*h_, _*n _i*_*r zu b*_o_g*n ha_,
nur _*nn *r _i___; o_*r *r ___*____ _*_
An_r*_ *in* Frag*, _i* j*n*r zu b*an___or_*n
ha_, _*nn *r _i___. _i* _i___ an_ang*n.
- _*_*h_ o_*r An___or_?
- An___or_.
- _a_ g*_ä____ _ir an _ir?
- _*in* Aug*n.

- _a_ g*_ä___ _ir an _ir?
- _oah. A__*_
- _u _u___ *in*n Join_ bau*n.
- Gu_.
- _u _u___ no_h _*in ho_*n.

_i* __*h_ au_ un_ ho__ no_h *in* F_a__h*. _*r _*in i__ bi__ig, i_h _*nn* ihn, au_ Chi_*.

- _u _u___ _*n _*in au__a_h*n.
- O_.

_i*_*r rau_h*n _ir. _ir _rin_*n.

- _a_ _*n___ _u j*_z_?
- Ni_h_ vi*_. Ein gu_*_ _pi*_!
- _u _u___ _ab_*ib*n.
- _u _*in__, b*i _ir __h_a_*n?
- Ja.
- O_.
- _*g _i_h au_ _*n Ti__h.
- _i*?
- _*g _i_h hin.

_i* _*g_ _i_h au_ _*n Ti__h.

- _u _u___ _ir _i* __hu__*rn _a__i*r*n.
- Hi*r?
- _a_ _*in__ _u?
- E_ i__ b_ö_ au_ _*_ Ti__h. _pä_*r i_ _*__?
- Na gu_.
- _u _u___ _ir _a_ au_zi*h*n.
- Ein __*i_ung___-__?
- Ja.

Auf der Flucht

Habe mich auf lange Nachtfahrt eingestellt. Auf eine plötzliche Fahnenflucht.

Das Schiff ... es stellt sich heraus, dass es bald ablegt.

Es regnete leicht und man schüttelte mir den Reisepass zurück.

Die Herren slimfit, hinter ihrem Platz, wo sie jetzt Fischchen aufspießen.

Alles bald hinter mir. Die wohlvorbereiteten Dokumente sind schon ans Ende gegangen. Die jungen Leute rund um uns: alle Smalltalk. Die riesige Bank aus grauem Mehlsand, da hinter ein paar Dutzend Metern Meer.

Was wohl im Inneren ist. Hafenmaterial.

Jetzt hat sie ihm was gedeutet. Er hat nichts zu sagen. Behalte es für dich!

Er hatte seinen Blick auf den graugelben Staub im Eck angehängt. Eine Programm spulte sich ab. Ich schaue die Unformierten an, aber meine Augen schauen ins andere Eck.

Wir hatten uns alle beobachtet. Ja, bitte die Schwimmwesten hernehmen, sagte Thea.

Hier ist meine Telefonnummer? Sie war so klein, vielleicht wie niemand, den ich zuvor kannte. Sie versteht nicht. Wie versteinert warteten die Beamten, denn wir waren unbedenklich.

Sie kehrte zurück und sie trug noch einmal ein geheimes Zeichen zwischen uns hin und her und ich spürte kurz ihre Wohltäterhände und sowas wie Sicherheit.

Weiter ans Ziel. Das klingt jetzt angenehm, aber ich wartete versteinert bis Athen (oder Amsterdam). Das erste Mal seit Wochen wieder ein kurzes Gespräch.

Und alles abgehört und wir nahmen kaltes Mondlicht und es fühlt sich vielleicht sogar wie Funksprüche an, erst gar nicht, bis du etwas Erde träufelst und links ein kleines Feuerchen angeht.
Noch einmal von den Fischen angefressen werden. Hunderte kleine Putzerfische reinigen die Haut.
Ein paar Zentimeter über den Dachböden, an sich nicht mehr wahrnehmbar. Da wollte ich immer schweben als Kind.
Über zwanzig Bilder entworfen und angeregt öffnet sich ein Auge.
Meine Mutter betet, ich stell das altbekannte Kindheitsgefühl nach und rauche und die Kommunion kommt. Wir sitzen in der Kirche, die an die Volksschue angebaut war. Für jeden eine Hostie, mag er auch sündig sein. Der Altar ist im Norden, in den Fenstern rechts und links davon der Wald, der sich im Lauf der Jahreszeiten änderte, vom Winternacktschwarz zum Hell-, dann Sattgrün in das Bunt des Herbstes.

Jahre später: Nur wenige Raucher stehen im November vor der Schule, als ich da mit dem ersten Oberlippenbart paffte ... der Mann, der an uns vorbeiging, hatte eiskalte Augen, die glühen so weit, über seine Schulter hinweg, zu uns nach unten...der Geschichtelehrer.

November macht mich empfindsamer. Zufällig Zeuge. Da krabbelten hunderte Scheintote vorbei, die letzten Fisch, wir tuschelten im Sonnenschein weiter, wo sie schnell ganz ruhig wurden ... und das war ja nur ein weiteres Kuriosum dieser Nacht.

Wie schlafend ein mächtiger graublauer Fels mitten im Park hier an der italienischen Adriaküste.
Nachmittags hatten sie nie abgeschlossen.
In heißen Tränen glänzend, sah ich sie aus Lorbeerhainen schreiten, in dem andere Fußgänger verschluckt wurden.

Die Stimmen der Mitternacht und deine Augen bekam ich von Borges.
Ein Tag im Frühling nur eine Warterei.

Gehen wir in den Horizont, forderte ich.
Der Fluss war ganz pastös vom Sommer.
Ich schlafe dann im Stehen. Manche Dinge ändern sich lange nicht.
Irgendwelche Blauuniformierten packten mich, immer wenn ich mich antrank. Wenn ich wie untot hier eine Stunde später auf der nächste Carabinieri-Station erwache.
Und anscheinend Schlägereien anzettelte. Oder eher: Ich war wohl zu emotional. Zwei Nächte

werde ich dort verbringen.

Am Feuer. Das Meer. Der Strand. Der Hund schläft und die Blicke von X. Wohlige Wärme breitet sich aus.

Ein riesiger roher Brocken Glas. Ich war hypenervös .
Rundum sonst ein paar Wörter, Sätze und es leuchtet noch. Es folgte ein Bekannter.

Ach, die letzten Stunden sind so gut verkauft, und das ob meiner Machtlosigkeit.

Dieses Geheimnis ertrug ich mal hier, mal schauen.

Über 30 Prozent Einsparung verordnen. Das Material sondert sich ab, nachdem es zu kalt geworden ist, nur die uns noch wohlbekannte orangerote Strohglut in der Küche, da sieht man nichts und versteht nicht, Ersatzsuche habe ich gehört, und es geht bisher nur mit Versorgungs-LKW, man lässt uns bei einem straßennahen Bach wieder heraus.
Manches lässt sich bewirken, scheint es, wenn wir nachts einmal dezent geschminkt in Rom angekommen sind. Rom war eine Grube.

Ihre Brust rastete auf einem Busch. Es ist jetzt bitte da wieder ein Kopf. Er packt die Nymphen, er, der sich um sich selbst rankt. Wahrscheinlich

sind Teile des Atmens völlig umsonst.
Und ich fragte X: Siehst du es? Meine Hand ist mit einem restaurierten Fresko versehen: von uns beiden.

Ich kenne die alten Feindschaften, aber die plötzlichen sind sie die schwere Bürde.

Nur Sonne, ganz außer sich. Meldungen und die Zahlen. Alle sind aufgeschreckt.
Deutsche Journalisten der Wartezone Rosenrot. Manche zumindest.

In einer Nacht dunkeln, und kurz später zieht sie eh weiter. Flocken rieseln mal dort und mal da, zart und leicht wie Seide schießen mir diese Wörter durch den Kopf.

An einer Bar: Sie unterhalten sich plötzlich wieder mit mir: Fremdlinge sind wir alle. Im Hotel schlief ich für ein paar Stunden.
Eigentlich müssten filigrane edelmetallische Fäden wieder zurückgezogen werden, rätsle ich.

Wie die Wahrheit erlangen? Jedenfalls mal schlafen. Wir blickten uns an, wir Wartenden. Eine Sekunde blieb mir, dann kam schon Schnee. Der Friedhof überfüllt. Im dichten Wald. An den Brandspuren (es roch überall nach Feuer, speckig und prickelnd sauer. Der laue Abend wässert jetzt dahin ...)

- Ein wiederkehrender Alptraum: Wir werden alle eingesperrt. Dann wieder aufsetzen, den Traum aus dem Kopf schütteln ... und was ist mit mir? Nur etwas karges, kaltes Licht überraschend da oben.
- Und ich etwa zweieinhalb Stunden irgendwie irgendwo in einem Büro.

Erschöpft fiel jemand redend noch über eine Frage her. Lang saß ich mit hängenden Schultern.
Zurück blieben diesmal resolut ein paar Minuten Spannung, das Grau diesmal des Schlafes, leuchtend graublau.

Mittlerweile kanonieren wir Blumen.

Inzwischen war ich frei, schon nach dem Protektorat usw.

Alle Leute schummern dahin in Tagträumen.
Beim Totenschmaus sind sie dann still.

Mit Reisepass zurück, am Fluss wieder.
Wie im Italo-Western, leere Straßenfluchten, ein paar sehr dicht, so einfach. Nachmittags machte ich mich zum Jonasplatz auf.
Immer, wie in dauernder Ausbildung quasi, ihre Vorträge, ich nicke nur.

Unter einem Hügel, unter einer ganzen Wohnung ... und die Türen fehlen ebenso wie die Fenster.

Über weißem Hintergrund heulen, und das war mein Ohr, ich meine ja nur.

Der Winter ist nass vom Horizont, und eventuell überschlägt sich was auf einer prioritätengeordneten Liste.

Ich schaue nur ... lass die Stadt in mich treiben.

So wichtig wie blinder Alarm.

Die Erde öffnet sich. Ich kenne das schon. Wieder im Winter.

Also wie ein gutes Ende. Und ich trinke verschimmeltes Wasser ...
Der andere Person ist ganz gelb geworden.

Das salzige Wasser auf der Haut ... weitere Rückschlüsse auf ein Fragment. Ins Hotel zurück. Schäl dir zehn Minuten ab, und höre und schaue ...

Eine Reihe von schwarzen Ordnern, darin vergilbtes Papier.
Das Warten. Alle tragen Schwarz . Es sind nur trockene, tote Äste zu sehen.

Schäl dir doch einen Erdäpfel. Das Land entwickelt sich immer wieder ... in der Erde ... auf einen Empfangstisch.

Diese Zeichen sind so da wie ein kleines Feuer zwischen Notizen.

Oder ein ruhiger Spiegelblick.

Mauern, von einer einzigen Internetanbindung umgangen.

Ein Turm mit zwei Fischen und aufgeregt Diskutierende im Schritttempo dahinter.
Nichts als Ich, immer landeten wir da. Noch etwas Buntes, Gold, Silber, € 300.
Hinaus, in dieses Fahndungsbild schaue ich und schwach fühle ich Entspannung.
Wir schliefen dann im Licht des Vollmonds, er schimmerte auf deiner Schulter.

Youtube: N'to live @ Tour Saint-Jacques.

Ich weiß hier...
Gehen Sie, allein, mit einer anstrengenden Besorgung durch die Stadt.
Nach einer Zuspitzung des Ballasts und es ist ... recht anstrengend.
Ein paar kantige Securities mit mir im Wagen, der eine sicher im Gfängnis gewesen. - Na eh. -
Der Schnee hat die Bergspitzen angezuckert.

Wer kann mich noch reflektieren?

Und zwar dort ... 20 Meter ... nahe einer Siedlung ... im Schnee ist ein Skelett gefunden worden.

Wir lagen so. Der Wolfsbach war in einer Lichtung zu sehen.

Zersetzung des Paukenschlages in Tracht, Aufmarschierte in Spalten und die langen Haare weiß.

Der Wald dichter, ein Mischwald. Einen Hund gekauft, im großen Park.

Das offene Hirn im Verordnen. Das Feuer fast unhörbar, und nur etwas Kultur aufzuteilen.
Die Zähne. Bittet 100 Meter vom Sichelmondlicht nehmen, und wirklich ein paar Hacken dazu.

Damals, wir waren gerade in diesem Örtchen im Süden der Insel angekommen und hatten den ersten Abend in der Bar des Ortes verbracht ... damals, als wir die Stufen hinaufstiegen, hinter uns der Mond und sein Licht in kleinen Wellen im Meer, davor ein paar Bäume und unten im Tal die Ortschaft ... hunderte Stufen führten im Zickzack den Berg zu unserer Unterkunft hinauf ... als wir dutzende Ratten entdeckten, zuckend im letzten Taumel. Jemand hatte Rattengift ausgelegt.

Am Fußweg dorthin.

schon über den jungen Bäumen schweben. Der offene Blick im Sommer. Sie aber weisen mir, mich ruhig und unauffällig zu verhalten.

Schließlich, vor Jahren, mit den Kindern am See, einem jener Seen meines Dorfes da in den Bergen. Eine Halbinsel legt sich quer in den See, der schimmert wie ein nach unten in die Länge gezerrtes U da am Fuße einer Felswand, über die zu aller Übersättigung an Eindrücken noch ein Bach herunterstürzt. Dahinter das aufgeregte bläuliche Kalkzickzack des Rofans, und im Osten die Kalkzähne des Wilden und Zahmen Kaisers, diese eingebettet in Baum- und Waldketten mit den Kahlen der Wiesen und Almen dazwischen.

Schließlich also traf ich sie wieder, die Peiniger vom Fußballplatz und dem einem Treffpunkt da beim alten Kastanienbaum, und sie waren wie ich fünfundzwanzig Jahre gealtert, ihre Leiber hatten sich im Laufe der Jahrzehnte aufgebläht, ihr Haupthaar hatte sich gelichtet, und manch Zahn hatte sein Kiefer schon verlassen. Sie standen da und fischten schwarz im See und blickten her. Immer schon waren sie rebellisch gewesen, sie rebellierten gegen das Dorf, und blieben so mit ihm verhaftet. Ich ging mit meinen Kindern, auf die ich gerade unglaublich stolz war, noch viel mehr als sonst ... schließlich ein spätsüßer Moment des Triumphes ... ich ging mit ihnen an denen dort vorbei, die wie festgekettet waren an den See ... durch dünne Anglerfäden. Und ich war mir sicher, sie erkannten mich noch ebenso wie ich sie.

Die Innere See

I. Der Acker
[[– die Erde ist offen und ich begegne der Tödin –]]

Ich gehe über den gepflügten Acker. Über halbmetrig lange, braunschwarze Erdschollen gestolpert und in diese getreten und sie zertreten, taumelnd. Wie trunken. Das offene Feld gequert, in das Wäldchen hinein. Dort sammle ich Reisig. Da hinten bauen sie. Die riesige alte Möbelfabrik haben sie geschliffen. Wochenlang saßen die Bagger mit ihren Abrisskugeln und Schaufelarmen gestikulierend im meterhohen Schutt. Wie sie die riesigen Stahlträger abgebaut haben, das hätte mich interessiert, nahm es aber nicht wahr. Das Gelände ist vollkommen geräumt und planiert, nur die Asphaltflächen haben die Abrissbagger gelassen. Sonst alles mit Kies begradigt. Das Baubüro – ein paar Dutzend zweistöckig aufgestellte wellige Blechcontainer, mit tiefem Blau bemalt. Eine hölzerne Treppe zum Holzbalkon des ersten Stockes, einer weiteren Reihe Container. Wie Spielzeug. Alles seit Wochen geschlossen. Niemand ist mehr da. Niemand baut mehr. Die Arbeiter in Isolation oder Quarantäne. Als letztes haben sie etwa 50 Bäume am Rand des Geländes gefällt. Viele davon liegen noch so herum, als hätten die Arbeiten ein abruptes Ende gefunden. Mir fällt auf, dass alle Bäume, die noch im Wäldchen stehen, grüne oder blaue Markierungen an den Stämmen haben. Das Zwitschern der Vögel. Irgendwo das Rattern eines Spechtes. Ich sammle Reisig. Bald sind die beiden Einkaufstaschen voll. Das wird eine gut geheizte Nacht. Ich setze mich nieder, auf einen Baumstumpf setze ich mich und rauche. Der Himmel ist grau. Das knallige Grün der Pflanzen im Frühling dagegen. Ich meine: ach, wie der Wind Blüten von den wilden Ringlottenbäumen und Kirschen herweht. Und plötzlich werden die Blüten zu Graupeln. Schneefall setzt ein. Ich schultere die Taschen mit dem Holz und gehe zum Acker zurück. Ich gehe durch Schollen, als ich das lange helle Gackern eines Fasans höre.

Braungelborange Federn nehme ich wahr. Die spitzen Schwanz- und Flügelfedern. Und so was wie einen Kamm und den Blick darunter am Kopf, auf mich gerichtet. Der Flug des Fasans wie ein langer Sprung durch die Luft, als sei der Vogel am Mond. Ich lasse die Taschen fallen. Der Fasan ist im Wäldchen gelandet, hinter dem riesigen Brombeerstrauch. Ich haste dorthin. Etwas wie Jagdlust hat mich. Könnte ich – wenn ich wollte oder es notwendig wäre – einen Fasan leicht fangen? Über den Acker, das Gelände steigt ein wenig auf, durch ein paar Bäume im Zickzack und ich laufe zur Brombeere. Der Fasan hebt schon wieder ab und fliegt dreißig Meter oder mehr wieder ins Unterholz. Mit einem Satz hat er den riesigen Strauch und ein paar weitere zwischen sich und mich gebracht. Ich laufe zum Acker zurück, weil ich den Fasan so schneller erreichen kann, zu dicht ist das Dickicht zwischen uns. Er bemerkt mich sofort und verschwindet wieder im Holz. Ich gebe auf. Wenn müsste ich ihm auflauern und ihn dann mit einem Netz fangen oder eher mit einem Schuss erlegen, aber ich habe weder einen Bogen noch eine Schusswaffe.

Wer weiß wann das alles ein Ende findet und die Geschäfte wieder aufsperren. Jeden Tag hier Holz zu sammeln ist mühsam, aber es ist zu kalt. Was bleibt mir anderes übrig.

Außer Atem gehe ich zurück zu den Taschen voller Reisig. Zum Ende des Ackers hin, etwa fünfzig Meter entfernt, die riesigen Wohnblöcke der Vorstadt am Horizont, nehme ich Gestalten wahr: eine Frau im Kapuzensweater, mit Sonnenbrille, der obligatorischen Maske. Sie kommen näher. Ein Hund, der der Frau bis zum Knie geht. Die schwarze Maske mit dem breiten Grinsen eines Totenkopfes bedruckt. Sie hat mich auch gesehen, ist stehen geblieben. In der Hand ein Stock. Am Rücken ein Rucksack. Ich rücke meine Maske zurecht, nehme sie schließlich ab und schreie ihr ein Hallo-oh entgegen. Ich winke. Sie winkt zurück. Ich setze die Maske wieder auf, winke nochmals zum Abschied und gehe zu meinem Haus, sie im Rücken stehen lassend.

Die Nächte sind kühl. Es mag eine seltsame Angewohnheit sein, aber ich lagere zu Winterbeginn kein Holz ein. Wohin auch damit? Das Kellerabteil ist voll mit dem Verdrängten der letzten Jahrzehnte: ganz hinten die Tür zu meinem Zimmer. Die hatten schon die Vormieter dort abgestellt, weil sie diese Verbindung zwischen den beiden Räumen gegen eine Falttür austauschten. Wieder einen Meter Fläche gewonnen, doch die Wohnung bleibt eng. Im Keller lagern weiters der Ölofen, ein Gasofen mit leerer Flasche, ein kaputtes Fahrrad, diverses Bauholz und ein Hackstock – wie konnte ich diesen einen Meter langen Baumstamm allein und angetrunken hundert Meter weit in die Wohnung schleppen? Ein Meter Baum, gerade abgeschnitten von einer Motorsäge, ohne sichtliche Zeichen von Krankheit. Ich wunderte mich, weil ich dieses Stück Baum am nächsten Tag nicht einmal mehr aus der Wohnung geschweige denn in den Keller brachte. Weiters Bananenschachteln mit dieser Mischung aus CDs, diversen Korrespondenzen und Rechnungen. Eine riesige WLAN-Antenne, ein Dutzend Kanthölzer und nicht zuletzt die Türen, die ich aus den Küchenkästen abmontierte, um die Küche zu öffnen. Alles überzogen vom Staub des Erdkellers. Wie zur Rückführung an die Erde.

Heute ist der 31.3.2020 und es sind 10038 Fälle. Weder die Toten noch die Genesenen werden am Dashboard des Gesundheitsministeriums mehr direkt ausgewiesen, aber die John-Hopkins-Universität weist 128 Tote aus, bei 1095 Genesenen. Weltweit 820000 Infizierte, in den USA mehr als 175000. New York City hat mehr Infizierte als China inzwischen. Ab morgen gilt Atemmaskenpflicht in den österreichischen Supermärkten, wohl weil sich so viele Mitarbeiter angesteckt haben. Mit dem 48A zum Otto-Wagner-Spital hochfahren. Draußen tänzeln weiße Blüten im Wind, aber bald sind die Blüten wieder Schnee, der dahin wirbelt (eine Sinnestäuschung). Der Durchgang durch das Spital ist allerdings wegen COVID-19 nicht mehr möglich. Da stehen sie mit Masken und weisen mich ab. Ein schweres Auto fährt gerade heran, darauf steht KATASTROPHENHILFSDIENST. So gehe ich schnell weiter Richtung Westen. Unheimliche räumliche Nähe zum Virus. Eine Angstvorstellung kriecht herauf ... wie sich der Alltag wohl auf der Psychiatrischen Abteilung zu Zeiten der Pandemie abspielt? Oder ist sie dort ausgebrochen?

Ein Tor ist in die Mauer eingelassen, ich trete in die Steinhofgründe ein und höre links ein Rascheln. Ich blicke dorthin und ein Reh sieht mich lange an. Ich filme es ein paar Minuten mit dem Mobiltelefon, es scheint keine Angst zu haben. Weiter Richtung Jubiläumswarte. Ist es der Frühling oder holen sich die Tiere – Rehe, Krähen und Singvögel – schon alles zurück? Im Internet kursieren Videos von wilden Tieren, die

durch Städte spazieren. Hier nur ein paar Menschen. Ein Polizeiauto fährt vorbei. Weiter in den Wald, dort sammle ich Bärlauch. Hastig stets vornüber gebückt bemühe ich mich möglichst schnell zu pflücken.
Sonst wenig Neues. Es passiert fast nichts. Und das Wenige ist aufregend. Die Apotheke, die Bedienungspulte hinter durchsichtigen Plastikvorhängen, die von der Decke hängen. Das Gespräch wie immer, nur dazwischen Plexiglas und Plastik, ganz sauber und rein. Ich nehme mir vor nicht mehr hinzugehen und bestelle online. Jeder Einkauf in diversen Supermärkten ein Prickeln.

[...]

II. Licht

[[das Blaue Licht – [...]]]

Licht weckt mich. Es pulsiert und die blauen Strahlen des Schreckens peitschen alle paar Minuten durch den Raum an die kahle Wand. Ich sehe einen Rettungswagen der Johanniter, aus dem zwei rot Uniformierte herausspringen. Sie hasten zur Schule gegenüber und betreten sie durch die große Tür des Haupteingangs. Der blaulichtblinkende Wagen bleibt einige Minuten einfach stehen, schließlich fährt er zwanzig Meter vor, weil ein PKW an ihm vorbei muss, denn er blockiert die Einbahnstraße. Dort am Eck zur großen Straße blinkt er noch zehn Minuten, um dann abzufahren. Ich habe versäumt, weitere Details wahrzunehmen.

Im Supermarkt lasse ich mir eine Maske aushändigen. Momentan gibt es wieder viele Masken, und alle horten sie. Manche gehen also in den Supermarkt, lassen sich die Maske geben, bedanken sich, setzen sie auf und gehen durch den Supermarkt, ohne einen Artikel an sich zu nehmen und zu kaufen. Die Angestellten nehmen das freilich wahr, lassen die Leute aber gewähren. Ich kaufe eine Flasche Wein. Immerhin.
Ich bin am Stadtrand isoliert. Mit dem Rausgehen ist das so eine Sache: alleine ist es eigentlich immer möglich. Hin und wieder allerdings auch hier ein Polizeiauto. Lästig

werden die bei Gruppen oder Rumsitzern in sehr frequentierten Bereichen (am Wochenende und in der Sonne an der Alten Donau, auf den Steinhofgründen usf. sind Massen von Leuten beim Spazieren). Immer wieder für ein paar Tage zu meinem Gspusi am anderen Ende der Stadt. (Dort zu dritt wird es nach Tagen zu eng. Es ist wirklich nicht leicht, für jeden von uns neue Umständ.) Ich geh dann die halbe Strecke zu Fuß. Manche Ubahnzüge sind fast leer, die meisten Ubahnsteige auch. Die Stadt ist heruntergefahren und wie verlassen. Hin und wieder ein Jogger oder Radfahrer. Menschenleer wie auf Gemälden, von Hopper oder de Chirico. Immer wieder Blaulicht, Polizei und Rettung. Eine entfernte Bekannte hat den Virus. Ich lasse ihr Angocin zukommen, das hilft ihr tatsächlich, leichter zu atmen. Sie nahm vorher Ibuprofen, das scheint wirklich wie eine Einladung für einen gefährlichen Verlauf zu sein.
Sonst probiere ich möglichst keine Menschen zu treffen oder weiche ihnen aus. Im Spar verteilen sie jetzt die Atemmasken. Zumindest dort gab es welche. Im Bipa und Lidl nicht, alle schon weg. Zwei hab ich nun. Im Backrohr bei 80 Grad lassen sie sich desinfizieren, lese ich irgendwo. Allerdings nur den E-Herd verwenden. Drei Masken hab ich gebastelt, nur mit der letzten bin ich zufrieden. Vielleicht nähe ich mal eine aus Stoff, mit der Hand, ich habe keine Maschine. Die ersten Modelle waren aus Gummibändern und Küchenrolle, schön mit Falten und fixiert

mit braunem Klebeband. Mit der Maske gehe ich zum Asia-Shop und kaufe mir einen Fünf-Kilo-Sack Basmatireis. Dazu die guten grünen Chillischoten und ein paar Thai-Melanzane. Es sind nur zwei Kunden im Geschäft. Ein Mitarbeiter räumt Dosen ein, eine Mitarbeiterin an der Kasse. Alle tragen Masken. Wie immer bezahle ich per Bankomat.

Jeder Kontakt oder Nähe soll wegen der Ansteckungsgefahr vermieden werden.

Ein Kombi fährt langsam vorbei. Ich den vollen Einkaufssack an den Körper gezogen. In roten Lettern am weißen Wagen: MILITÄRSTREIFE. Unmittelbar seltsame Beklommenheit.

Die Menschemassen in den Ubahngängen der großen Stationen. Ein Dahin und Daher. Die meisten tragen die hellblauen bis türkisen Einmal-Masken. Ein Schwarmtanz, die beiden Schwärme der Richtungen. Die individuellen Stoffmasken nehmen über die nächsten Monate zu, in etwa im Verhältnis wie Verweigerer zunehmen. Oft sind es junge Männer. Einmal höre ich, wie die junge Frau mit Stoffmaske dem jungen Mann ohne Maske zuflüstert. Heast, schau, du bist da Anzige ohne. – Mia wuascht. Manst i setz bei dera Hitzn a Lorvn auf? Er stellt sich dann breitschultrig in die Mitte, zum Spalt der Ubahn-Doppeltür, direkt vor mich. Eine Hand am Öffner nach links, die andere rechts. Die Frau, die ihn wieder lange anblickt, ignoriert er wie mich.

[...]

III [[Ein Komet fliegt vorbei]]

„... gewaltige Zeichen am Himmel ...“
Lukas 21,11.

Da! Unter dem Großen Bären weiter nach Osten. Ab 22 Uhr taucht er auf. Am besten sichtbar um 3 Uhr 30 früh. Ein Splitter Licht. Ein langes gleichschenkliges Dreieck, die helle Spitze leicht über dem Horizont, zur Grundlinie hin verläuft sich der Strahl ins Dunkel wie eine Federwolke. Ein im März neu entdeckter Komet, der in einer sehr langgestreckten Ellipse in 4500 Erdjahren um die Sonne kreist. Der sonnenfernste Punkt weit draußen, 25-mal so weit entfernt wie die Bahn des Neptun. Über der Erdnordhalbkugel wird er im Juli sichtbar, am hellsten um den 23. Juli. Dann nähert sich Neowise auf 103 Millionen Kilometern der Erde.

Zu Beginn des Dreißigjährigen Krieg war im Winter 1618/19 ein Komet für mehrere Wochen sichtbar. Neben vielen anderen Gelehrten beobachtete ihn auch Johannes Kepler. Spätestens ab 1630 wurde der Komet C/1618 W1 als schlechtes, gar göttliches Zeichen interpretiert. So bietet sich jetzt Neowise als Omen für einen neuen Dreißigjährigen Krieg an, in dem die Pandemie, die Wirtschaftskrise, die Klimakatastrophe und die Zerstörung der Biosphäre die Proponenten sein könnten, einher gehend mit gravierenden Auswirkungen auf Gesellschaft, Umwelt, das tägliche Leben. Inszeniert wie in einem schlechten Drehbuch. Wie alles sich gerade nach einem zu platten Drehbuch anhört (der plötzlich auftretende, neuartige Virus, der sich rapide über alle Kontinente ausbreitet).

Wie arglos wir da saßen. Hinter mir im Rücken, das rapide Dahin des Donaukanals, über einen Meter nach unten gefasst, zwischen den steinernen Ufern und Brücken. Die Lichter des Schwedenplatzes spiegeln sich im Wasser. Ein Polizeiboot fährt den Fluss hinunter. Und ich saß Leuten gegenüber und beobachtete sie beim Trinken und Rauchen. Wir kamen überein, dass „heute“ mit seinen 35 Grad der beste Sommertag bisher war. Dann – im Übermut – noch weiter in den Gastgarten eines Cafés.

Die Heimfahrt im Nachtbus, der fast voll war. Bis auf einen trugen alle Masken. Und selbst der eine blickte arglos.

Ein paar Tage später traf ich M. in der Ubahn. Mir kam sie irgendwie bekannt vor. Jedenfalls war sie maskiert. Mir fielen die Augen auf. Ihr Tuch ein Muster aus Schädeln mit zwei gekreuzten Knochen darunter. Ich hätte sie nicht erkannt. Wir hatten uns schon über zehn Jahre nicht gesehen. Sie war auf Immobiliensuche, ein Bauernhof sollt‘s schon sein. Eher im Burgenland als im kalten Waldviertel. Alles andere nahm sie recht gelassen.

In dieser Zeit befasste ich mich seit Wochen wieder mit den Zahlen. 13229858 Fälle. 577068 Tote. 764669 Genesene. Zunahme gestern 195783, Genesene 113919. Gestern 3729 Tote. Es ist der 14.7.2020. Manche Zahlen sind besorgniserregend hoch.

Der Tanz mit dem Tiger, so nennen die Virologen und Epidemiologen diese Strategie.

IIII. Spätsommer

[[Der Herbst fließt herein · Deutscher Spätsommer · Zerbrochener Himmel · Das Feuer in Moria · the waves to come]]

Die Tür ist geschlossen. Draußen ist es ungewöhnlich ruhig. Der Himmel ist im Laufe der Mittagsstunden ergraut. Die Sonne verschwunden. Kühle Luft breitet sich langsam aus. Dann, nach Stunden, setzt heftiger kalter Regen ein. Die Tropfen trommeln. Ihr Sprünge am Asphalt. Damit geht bald der Sommer zu Ende. Kühl, unsichtbar fließt der Herbst ins Zimmer.

*

Ein Video zeigt einen kopfsteingepflasterten Platz hinter einer Polizeistahlrohrabsperrung. In Bildmitte eine mit schwarzen Planen bezogene Bühne. Einer in neongelber Ordnerweste zeigt seinen Rücken. Auf der Bühne schreit eine dunkel gekleidete Frau in ein Mikrofon: Also: an der russischen Botschaft haben die Polizisten ihre Helme ... ausgezogen und sind auch auf unserer Seite!
Frenetischer Beifall. Ich sehe ein Banner mit der seltsamen Buchstabenfolge WWG1WGA. Zwei, drei Menschen, junge Männer und eine junge

Frau mit orangen Locken kommen ins Bild, denn die Kamera bewegt sich nach hinten. Sonst ist niemand zu erkennen, der so rumjohlt, aber es müssen einige sein. Die Stimme der Frau überschlägt sich, als sie wenig später weiter schreit: Und hey! Hier tragen sie doch auch zumindest keine Helme. Macht doch die Masken ab! Ihr wollt doch auch atmen, Leute! Und ich danke, dass ich euch diese Nachricht übermitteln durfte.
Der Sieg scheint nahe.

Eine dunkle Phalanx Polizei, behelmt, mit ausgebeulten, kugelsicheren Westen, tritt hinter den dicken Säulen hervor. Treibt den Mob von den Stufen des Reichstagsgebäudes. Tränengas und Pfefferspray gegen die im BILD.de-Video als Rechtsextreme, Reichsbürger, Verschwörungstheoretiker und Chaoten Titulierten. Die schwarzweißroten Fahnen werden nochmals ausladend geschwenkt. Gegröle dazwischen. Die fürchterlichen Verse aus der Stahlhelm Zeitung 1927: Wir kämpfen für Freiheit, für Volk und für Gott, Ein Heil unsrer Kampfflagge ‚Schwarz-Weiß-Rot'! Eine US-amerikanische Fahne prominent in erster Reihe. An einer Fahnenstange gesellt sich ein Stars-and-stripes-Banner zu einem russischen und schwarzweißroten. Die Polizisten steigen die Stufen hinunter. Langsam und bestimmt, mitunter mit Körpereinsatz gegen Widerständige. Viele filmen mit ihren Mobiltelefonen mit. Manche von ihnen

bekommen Pfefferspray ab und vergraben ihre Gesichter in Tücher oder Kleidung.
Es tauchen noch weitere Videos auf. Eines zeigt wie nur drei Polizisten Dutzende fahnenschwingende und grölende Demonstranten von den Glastüren des Reichstagsgebäudes abhalten.

Ein BILD-Reporter berichtet von Menschen, die da singen Hare-Krishna...Harry Krischner Jünger...ich persönlich kenne ihn nicht, aber meine Kollegen haben mir berichtet, dass er eine berühmte Persönlichkeit sei, wohl nicht mehr aus meiner Zeit, aber ja ... sie singen hier Harry Krischner, Harry Krischner und feiern diese Demonstration heute ...

*

Schimmernde Schlafende mit hoher Stirn. In mir: Gelbe Mimosen über grünen Algen zwinkern das Wasser davon und gruseln der Nacht. Perle eingeschlagen in Decken. Zitternder Schimmer. Der Rhythmus des Atmens. Wie lagernde Tiere. Das Tier und du. Was wissen die Schlafenden? Am Lager?! Und das Vergessen beim Erwachen. Automatisch Zuflüsterndes. Geraune. Zittern. Das Zittern, wir sind es, automatisch ja und fehlerhaft! Flüstern! Die Ubahn bald, bedenke! Oh grausames Glück! Zittern! Und rosa Rauschen. Affe und Stern, ja Stern. Der Stern - er blinkt! Der Affe - blausam und einsam! Blausam! Auch du, sei jetzt blausam! Versinke im

Schlaf! Und ewig droht dir Schwerkraft...Ach und das Wasser! Zwinkern, und trinken! Schlaf aus Blei oder Erde oder Stein zieht uns hinunter zu sich, für ein paar Stunden.

Ein paar Wochen später ist alles vorbei. Zerschlagen, zerbrochen, zersprochen. Ein Versprechen nur ein Ver-Sprechen. Wieder sind die Urlaubsflieger unterwegs: Kondensstreifen zersplittern den blauen Himmel. Ich träume vom Fallen. Vom Fallen aus der Höhe. Hinunter zum Einschlag auf harte, dunkle, unbarmherzige Erde.

*

„Der Herbst ... der Herbst ist für mich Feuer."

*

Es sei schon die zweite Gender-reveal-Party, die in Kalifornien zu einem riesigen Waldbrand geführt habe. Ein paar Tage später brennt es in über achtzig Brandherden an der amerikanischen Westküste. Ursache waren die heftigen Winde in einer Hitzewelle. Die Waldbrände färben den Himmel über San Francisco über mehrere Tag orange ein. Der dystopische Hollywoodfilm Blade Runner scheint Wirklichkeit geworden zu sein ... zumindest dessen oranger Himmel.

*

Jetzt brennt Moria. Der Ort der Verdammten. Seit sechs Monaten unter Quarantäne. In den letzten paar Tagen waren die Covidzahlen explodiert ... 1 ... 3 ... 8 ... 35. Feuer in Moria gibt es oft, aber diesmal ist es anders. Größer. An mehreren Stellen. (Es brennt auch an anderen Stellen auf Lesbos, schreibt jemand.) Die Polizei lässt jetzt fast alle durch. Was wohl mit den Inhaftierten dort im Lagergefängnis passiert? Es gibt Nachrichten und Videos von Menschen, die umringt sind vom Feuer und keinen Weg herausfinden. Der Wind ist stark. Kirchenglocken läuten.
Mir kommt in den Sinn: Vielleicht ist das das Ende von Moria. Nicht des Dorfes nebenan mit den überforderten Einwohnern. Einfach das Ende dieses Camps durch Feuer. Und natürlich nicht des bestialischen Asylsystems der Europäischen Union. (Tage später ist klar, dass die EU das Lager wieder errichtet, mit tatkräftigr Hilfe der österreichischen Regierung, die sich weigert, auch nur einen einzigen Geflüchteten aufzunehmen.)
Hier sind alle immer überfordert. Die Geflüchteten, also die Schutzbefohlenen. Die Schützer der UNO-Organisation. Die Ärzte. Die freiwilligen, solidarischen Helfer von diversen NGOs. Die Bewohner der kleinen Dörfer. Die Polizisten. Die Feuerwehr jetzt. Weit weg, im sicheren Wien, nutzen die rechtskonservativen Parteien die Stimmung für sogenanntes politisches Kleingeld.
Damals, vor Jahren schon, als wir am Zaun

standen und den Menschen hinter dem Zaun Früchte und Brot zukommen ließen. Unser Arabisch war schlecht. Wir hatten Spaß mit den Menschen hinter dem Maschendrahtzaun, fehlende Sprachkenntnisse können Menschen nicht davon abhalten, Spaß miteinander zu haben. Auch Zäune nicht. Es war einfach: zu lachen. Manche sahen wir immer wieder, manche nie wieder. Aber immer wieder vertrieb uns die Polizei. Sie hassten es, wenn wir mit den Eingesperrten Arabisch sprachen, denn das sprachen die griechischen Polizisten nicht. Ein weiterer Grund, unser Arabisch täglich zu üben.

*

Am nächsten Abend werden die mehr als 13000 Überlebenden der europäischen Asyl-"Politik" zwischen den wieder aufflammenden Feuern und dem Tränengas der Polizei im Freien auf der Straße zwischen dem Camp Moria und dem Dorf Mytiline eingeschlossen.

*

Agence France Press: #BREAKING AstraZeneca pauses Covid-19 vaccine trial.

*

Der irre Flugtanz der Fledermäuse durch die Dämmerung. Nichts entgeht ihren Sinnen. Dagegen ist der Flug der Vögel starr und und ihre Augen und Ohren sind blind und taub. Wie wohl COVID seinen Weg fand zu den Menschen? Aus den Fledermaushöhlen von Südostasien vielleicht über einen Vampirbiss bis nach Grönland und den Falklandinseln. Ich muss jene Stelle in der Ilias finden, in der sich Artemis, die Herrin der Natur und der Tiere, zusammen mit ihrem Zwillingsbruder, dem Lichtgott Apollon, aufmacht, die Menschen zu bestrafen für ihre Verbrechen an der Natur. Die Zwillinge schießen hunderte Pfeile, die alle ihr Ziel finden, und diese bringen den Menschen die Pest und andere Seuchen.

*

Ein AK-Test könnte rausfinden, ob das Virus schon in mir war, ohne dass ich es bemerkte. (Wie naiv und absurd von mir zu glauben, als der Begriff AK-Test auftauchte, dass die Arbeiterkammer nun Tests für ihre Mitglieder zur Verfügung stellt, denn AK steht hier für Antikörper.) Jedenfalls sind die Spuren des unsichtbar kleinen COVID-19 überall ... die blauen Einwegmasken, die überall herumliegen. Manchmal, in den Gängen der großen Wiener Ubahnstationen, sehe ich nur noch einen riesigen Tanzschwarm von blauen Einwegmasken und blende die Menschen aus. COVID schaffte es, einen anderen zerstörerischen Virus (den „freien“ Markt) zu attackieren, just an seiner Schwachstelle, dem Warenaustausch. Es fängt ja erst an. Was werden Herbst und Winter bringen?

Der Jahresrückblick am 31. Dezember 2020? Der große Spike im Chart der 2. Welle wird die Volkswirtschaften, Börsen, Gesellschaften und Politiken durchrütteln. Vieles wird nie mehr wie früher sein. Manches wird gleich bleiben. Amazon wird die Preise heben und die Löhne senken, Mr Bezos wird noch reicher.
Wie werden sich diese Zeilen lesen, wenn sie im Sommer 2021 gedruckt vorliegen?

*

Im Chatroom: Hey man! What to YOU think ... how long will we have to deal with covid-19 and the consequences ... one, two, 5 or 10 years?

*

Die Ampelkommission tagt zweimal außertourlich und setzt Wien und Innsbruck und „andere Bezirke“ auf Orange. Wie um das Chaos perfekt zu machen, nimmt die Kommission allerdings die Leitlinien für den orangen Zustand kurz zuvor aus dem Netz. Eine Pressekonferenz in den nächsten Tagen soll alles klären. Der Bildungsminister meint, dass Schulen und Universitäten weiter auf Gelb bleiben. Die Universität Wien verlautbart: Es gibt eine zentrale Ampelfarbe für die gesamte Universität. Diese entspricht grundsätzlich der Farbe der "Bundesampel" für Wien.
Es gehe um eine Politik der Symbole, meint ein Minister. Oder war es der Ethik-Experte?

*

Der Anruf bei 1450 (die Akut-Symptom-Hotline in Österreich) dauerte drei Stunden, erzählt mir jemand. In vier Tagen werden wir getestet werden.

[...]

V September

[[Krieg der Wörter, Symbole und echter Krieg · Das Anthropozän · Der Regenschirm]]

Neue Wörter enstehen und zirkulieren: Abschiedepartnerschaft, flexible Solidarität, Pull-Effekt, Politik der Symbole. Cov. Covid. COVID. COVID-19. COVID-BeauftragteR.

Ein letzter warmer Tag bis zu 30 Grad. Zu Herbstbeginn kühlt es ab. Kalter unbarmherziger Regen. Mit einem Plopp fällt der Strom aus. Ich schaue zum Sicherungskasten. Alle Sicherungen sind eingeschalten. Ich trete in den Hausgang, da hat ein Nachbar dieselbe Idee und drückt den Ganglichtschalter. Es bleibt dunkel.

Schließlich fällt Schnee bis in tiefe Lagen. Die Nordkette in Innsbruck angezuckert. Fernsehbilder zeigen Bischofshofen mit ein paar Zentimeter Schnee überzogen. Ich heize ein. Das Winterfeuer hat begonnen.

Wir leben im Anthropozän: we are doomed.

Ich laufe aus der Wohnung. Es ist genug. Ich laufe die Straße entlang, an deren Ende sich jetzt zwei gelborange Baukräne im lebhaften Nordostwind drehen. Die halbe Gstättn haben sie niedergerissen. Noch immer tänzeln

Schmetterlinge tagsüber in der Sonne. Die Kinder bekommen Schmetterling-Apps auf ihre Handys. Es riecht eindeutig nach Schnee. Kein Auto, niemand ist unterwegs. Ich blicke mich um. Der Himmel leuchtet noch tieforange, davor freilich das klobig geradlinige, schwarze Mauermonsterzickzack eines modernen Wohnblocks. Grelle hellgelbe Lichtquadrate darin. Hinein in die Gstättn! Weit vorne, neben der Gstättn, am Feldweg, den sich die Bewohner immer hineintrampeln ins Getreidefeld, ein springendes Weiß mit dem wie lächelnd offenen Maul. Golden Red River nannte jemand diese Hunde mal. Durchs Dickicht. Die frische Luft lässt die Gedanken auflodern ... das Anthropozän ... die Menschen ... alles zerstören sie, nichts konnte sich ihnen in den Weg stellen außer jetzt der Virus ... wer hätte das gedacht ... außer die Warnungen der Virologen natürlich, die sich nicht bewahrheiteten ... in Belarus demonstrieren Zehntausende jeden Tag unablässig nach dem minutiös dokumentierten Wahlbetrug (eine Datei voll mit abfotografierten Wahlzetteln am Google-Drive gefunden). Der Berg-Karabach-Konflikt ist wieder aufgeflammt. Aserbaidschan und Armenien rufen das Kriegsrecht aus. Wieder hat der Sultan seine Hände mit im Spiel. Aus Nordsyrien, dem besetzten Afrin, zogen die Söldner in den Kaukasus. Im Netz sehe ich explodierende MIL-Hubschrauber, in der Luft abgeschossen mit Manpads. Panzer fahren durch eine Landschaft, einer explodiert. Ein Video zeigt

Dutzende Panzer und schwere Haubitzen, gezogen von riesigen LKW. Alles noch sowjetische Technik. Die Menschen sind wilder als die Tiere. Der Löwe hätte schon abgelassen, aber Achilleos schlug noch immer ein auf die Leiche von Hektor. Hört denn das denn niemals auf. Der Weg hier wächst zu. Niemand pflegt ihn mehr. Überall Himmelsbäume. Die wechselständigen, unpaarigen Fliederblätter der etwa ein Jahr alten Bäume gehen mir bis ans Kinn. Die Gegend hier begünstigt Schnecken, alle zehn Meter das Krachen ihrer zertretenen Häuser. Hier im Dunkel halte ich inne, blicke ins rauschende Nachtdunkel, für Minuten. Ein Mann geht mit dem Hund, den ich vorher sah, vorbei. Ich gehe auch zurück, so als ob die beiden mich mitziehen. Ein knackender Ast verrät mich. Sie hätten mich nicht gesehen. Der Mann erschrickt kurz, der Hund nicht.
Wieder an der Straße, höre ich in meinem Rücken von stadtauswärts her Musik. Zwei Jugendliche auf dem Rad. Die Musik wohl aus einer dieser walzenförmigen Musikboxen. Sie fahren am Gehsteig. Ich trete von dort zurück ins Feld, um sie einfach vorbeifahren zu lassen, sie aber sind so freundlich, vom Gehsteig auf die Straße zu fahren. Das Mädchen kommt beim Überfahren der Gehsteigkante zu Fall. Es liegt auf der Straße, daneben das Rad mit dem Korb. Musik spielt weiter darin. Ein Auto nähert sich schnell, für ein paar Augenblicke ist alles brenzlig. Ich winke dem Auto zu, der Fahrer

scheint die Situation schon erfasst zu haben und bremst ab. Das Mädchen kommt wieder auf die Beine. Ihm scheint nichts passiert zu sein, ich frage nach. Wir reden ein bisschen rum. Die beiden radeln weiter, ich gehe weiter am Feldrand dahin. Im Feld entdecke ich einen Regenschirm, den ich zunächst achtlos passiere, um dann umzukehren und ihn an mich zu nehmen. Er ist schön geschlossen, das Band, das ihn schließt, ist abgerissen. Als Eric Satie in seinem Bett starb, fanden sie in seiner Wohnung Dutzende aufgespannte Regenschirme. Und: Wahrscheinlich ist das Spannwerk des Schirms kaputt. Verbogen durch den Wind. Ich trotte zum Haus. Im Licht des Vorraums spanne ich den Schirm auf, erfreut, dass der Mechanismus intakt ist, erstaunt über die raumfahrtsilberne Innenseite und dann erschrocken von den sich windenden Maden und den schnell in alle möglichen Richtungen laufenden, fingernagelgroßen Feuerwanzen. Was für Farben. Schnell schließe ich den Schirm, haste in den Garten und schüttle die Insekten aus dem offenen, raumfahrtsilbernen Schirm ins Dunkel der Erde.

Ende September: 1 (eine) Million COVID-19-Tote weltweit offiziell erfasst.

[...]

VI Nächste Ferne III

Es war in der Wüste Karakum nahe bei Dewerze. Niemand weiß genau, wie es passierte. Durch den Sperrschluss der sowjetischen Akten sind noch keine offiziellen Aufzeichnungen bekannt. Jedenfalls dürften die sowjetischen Geologen bei ihrer Suche nach Erdgas zufällig auf eine Höhle getroffen sein. Noch während des Bohrens stürzte die Höhle ein und legte ein mehr als 5300 Quadratmeter großes Loch frei. 30 Meter tief, bis zu 69 Meter breit. Die Bohranlagen der Geologen darin. Nun galt es, weiteres Unglück zu verhindern. Die Gegend ist voller Erdgaslager. Die Geologen fürchteten, dass weiter giftiges Erdgas freikommen würde und sorgten sich um die Einwohner der nahen Stadt Dewerze. Sie entschlossen sich daher, das Gas abzufackeln. Eine durchaus nicht unübliche Vorgehensweise, in der Hoffnung, dass nach ein paar Minuten, Stunden oder vielleicht Tagen das Gas verbrannt sein würde. Seit 1971 brennt nun in der Wüste von Turkmenistan dieses Feuer, und ich schreibe diese Zeilen im März 2021. Es sei umweltfreundlicher, dieses Methangase abzufackeln, als sie direkt in die Atmosphäre zu entlassen.

Das Tor zur Hölle (turkmenisch jähenneme açylan gapy, russisch Врата Ада Wrata Ada oder Дверь в преисподнюю Dwer w preispodnjuju; deutsch Tor zur Unterwelt), auf Youtube Hell's

Fire genannt, könnte auch durch einen Blitzeinschlag 1981 oder ganz von selbst im Jahr 1967 aus einem Sinkloch entstanden sein. Allerdings sind die Akten unter Verschluss, was auf Vertuschung eines sowjetischen Fehlschlages hindeuten könnte.

So passiert manchmal das Unglück vielleicht in bester Absicht. Auf jeden Fall dann entfernt, oder entfernbar aus dem Gesichtskreis oder den Gedanken. Was bleibt hier hinter den prickelnden Vorhängen der geschlossen Augenlider, ganz nah: ein vages Fürchten. Die Angst durchsetzt vieles. Angst vor der Krankheit. Dem Mangel. Der Geworfenheit. Der Zukunft. Und legitimiert sich immer wieder selbst.

Beim harmlosen Explorieren hat sich auch zwischen mir und X. ein Höllentor aufgetan. Ganz abrupt. Seither brennt es. Außer Kontrolle.

*

1695 rannte der spanische Mönch Andras Avandanio de Loyola mit seinen Begleitern barfuß durch den yukatanischen Dschungel. Sie hatten vom Bischof den Auftrag erhalten, die Maya der Insel Tayasal zum christlichen Glauben zu bekehren und sie weiters dazu zu bringen, die Hoheit der spanische Krone anzuerkennen. Der Fürst eines der letzten Rückzugsgebiete der Maya hatte sein Ansinnen abgelehnt. Die Mönche wurden der Insel verwiesen und ein paar Pfeile wurden ihnen nachgeschossen. So flüchteten sie durch den Dschungel. Sie hatten kein Wasser, keinen Proviant, nur die Verzweiflung inmitten einer Umgebung, in der sie sich nicht zurecht fanden. Alles war ihnen abgenommen worden: Messer, Schuhe, Flaschen. Sogar die Bibeln. Sie folgten einem Pfad, der plötzlich an einem Sumpf aufhörte. Sie kehrten um und kämpften sich durch das Dickicht, das ihre Gesichter ebenso wie ihre Füße zerkratzte. Sie hörten wilde Tiere kreischen, brüllen und schreien. Ihre Knie waren ganz schwach von Hunger, Müdigkeit und Angst. Sie mühten sich einen Hügel hinauf, um sich auf der anderen Seite wieder hinunter zu kämpfen. Es war vielleicht der zwanzigste oder hundertzwanzigste Hügel, auf dem sie standen, als sie ihren Zustand abrupt vergaßen. Unter ihnen, in einer Senke, sahen sie eine riesige weiße Pyramide aus dem Blattwerk ragen. Sie machten sich, jenseits ihrer Kräfte, auf zur weißen Pyramide und entdeckten einen ganzen Komplex aus Pyramiden, Steinhäusern und Stelen. Sie hatten die Stadt Tikal wiederentdeckt, eine der größten und wichtigsten Städte der Maya, das damals schon über fünfhundert Jahre verlassen war. Die einzelnen Stadtstaaten der Maya waren in ständigen Konflikten miteinander, so war Tikal in einem jahrhundertelangen Konflikt mit Calacmul, der Haupstadt des Königreiches der Schlange. Doch es waren nicht die Axtkriege und Sternenkriege zwischen den Stadtstaaten, die die

Zivilisation niedergehen ließen. Bei der Entdeckung von Tikal durch Anvanandio waren seit dem Höhepunkt der Zivilisation der Maya damals schon sechshundert Jahre vergangen. Im neunten und zehnten Jahrhundert wurden die großen klassischen Städte alle verlassen. Chichen Itza mit seiner berühmten Pyramide entstand im 11. Jahrhundert unter Einbeziehung der Maya, doch war diese Stadt multikulturell, und wurde um 1300 wieder aufgegeben. Manche Wissenschaftler sprechen gar von hundert Städten, von denen einige noch unentdeckt im mexikanischen, gualtemekischen und honduranischen Dschungel sind. Die Maya zogen wieder in Dörfer. Die Maya hatten eine Schrift entwickelt, eine Mischung aus Silbenschrift und Piktogrammen, wahrscheinlich die einzige im sogenannten präkolumbianischen Amerika, die komplexe Texte darstellen konnte. Die Mayafürsten sammelten Bücher, die sie anfertigen ließen, und die Fürsten behandelten diese bunt illustrierten Bücher als Schätze. Der spanische Bischof Diego de Landa ließ im 16. Jahrhundert systematisch alle Maya-Bücher verbrennen. Er selber schrieb im Bericht Relación de las cosas de Yucatán: „Wir fanden bei ihnen eine große Zahl von Büchern mit diesen Buchstaben, und weil sie nichts enthielten, was von Aberglauben und den Täuschungen des Teufels frei wäre, verbrannten wir sie alle, was die Indios zutiefst bedauerten und beklagten.“ Das Wissen um ihre Schrift ging teilweise verloren. Es schien wie eine Ironie der

Geschichte, dass sich ausgerechnet in den penibel geführten Tagebüchern von de Landa Notizen fanden, die halfen, die Schrift zu entziffern, hatte sich doch de Landa die Entsprechungen der von den Spaniern verwendeten lateinischen Buchstaben in Maya-Hieroglyphen erklären lassen und sie in seinen Tagebüchern niedergeschrieben.

Der Untergang der Maya ist eines der großen Rätsel. Wissenschaftler sprechen inzwischen von mehreren, sich zum Teil bedingenden und beschleunigenden Ursachen. Einem hochkomplexen System, das viele Ressourcen braucht, um zu funktionieren, wurde durch Wachstum, Klimawandel und Krieg der Zugang zu Ressourcen entzogen. Also brach es zusammen. Der Gips, der auf die Paläste und Tempel aufgetragen wurde, und der die wunderschönen Wandmalereien trägt, musste erst durch Kalkbrennen geschaffen werden. Ein Prozess, der viele Ressourcen braucht, vor allem Unmengen an Holz. Der Großteil von Yuacatan ist eine löchrige Kalkplatte, auf der die Erd- und Humusschicht nur sehr dünn ist. Und obwohl die Maya wie niemand sonst mit den kargen Regenwaldböden umgehen konnten, bezeugen Grabfunde verheerende Hungersnöte nicht nur unter den Arbeitern und Bauern, sondern auch unter der aristokratischen Oberschicht. Die Wälder zwischen den Städten dürften zur Gänze abgeholzt worden sein. Um 950 wurden die letzten Stelen errichtet. Langsam, ohne Aufzeichnungen oder Andeutungen einer Katastrophe, zogen sich die Maya aus ihren Städten in Dörfer zurück. Die aristokratischen Strukturen waren zerfallen.

Inzwischen schreiben wir Februar 2021. Für ein paar Wochen gingen weltweit die Fallzahlen der Corona-Pandemie nach unten, um jetzt wieder nach oben zu schießen. In Österreich haben sie sich in den letzten zwei Wochen quasi wieder verdoppelt. Ich arbeite seit einem Jahr im Homeoffice. Ich habe einen neuen Job angenommen und habe meine Vorgesetzten und die Kollegen nur in Videokonferenzen oder Chatrooms getroffen. Dann habe ich einen weiteren Job angenommen, wieder Videokonferenzen, aber statt Chatrooms endlose, verwirrende Telefonate. Den Lockdown empfinde ich inzwischen als normal.

Entgegen mancher Behauptungen ist die Welt weder durch den Y2K-Fehler noch 2012 untergegangen, eine „Prophezeiung" der Maya, die die Maya selber nie so aufgestellt haben. Doch die Welt verändert sich. Heute ist die Marssonde Preserverance auf dem Mars gelandet. Die NASA-Techniker tragen im Livestream Atemschutzmasken. In Texas, Oregon und den Appalachen wüten Schneestürme, ein Wettersturz bis zu minus 18 Grad hat in den USA bis zu vier Millionen Menschen vom Stromnetz abgeschnitten. Die Pandemie hat in den USA schon mehr als 500000 Tote gefordert. In ein paar Jahren wird die Welt eine andere sein. Plötzliches, heftiges, globales Einsetzen ... ein black swan genannt wegen der Seltenheit von schwarzen Schwänen. Andere entgegnen, dass Virusübertragungen von Mensch zu Tier in einer zurückgedrängten Natur, mit den durch den Klimawandel beschleunigten Verschiebungen von Lebensräumen, einfach häufiger werden. Viele white swans quasi.

*

Ovids Metamorphosen ...
COVIDs Metamorphosen

*

Das Foto eines schlafenden Tigers, der auf dem Kopf einer kolossalen Buddhastatue schläft. Der liegende Buddha hat die Augen geschlossen. Sein rechtes Ohr liegt auf der Erde. Über dem vertikalen Auge hat die Raubkatze sich nieder gelassen. Den Kopf auf die gekreuzten Läufe gelegt. Der Tiger schläft.

Das Haus im Flieder

Das Haus, in dem die Großmutter von Jeanne wohnte, wurde Anfang der 1930er Jahre von ihrem Vater und Onkel und zwei angeheuerten Freunden erbaut. Es liegt etwas abseits im Dorf, ein kleines Bachtal hinauf, an einem Hügel, wo sich für fünfzig Meter eine Lichtung steil bis zum Waldgrat hinauf öffnet. Nach Westen schließt unmittelbar Mischwald an. Dreißig Meter über dem Haus ist eine Quelle gefasst. Schon seit den 1920er Jahren mit ihren Wirtschafts- und Inflationskrisen wurde der Obstgarten intensiv genutzt. Jetzt stehen dort immer noch Apfel, Kirsche, Zwetschke, Birne, dazu Brombeeren, Himbeeren und Ribisel. Dort haben sie zuerst ein Jahr lang Ziegel, Holz und Werkzeug gesammelt, nach und nach gekauft, geschenkt bekommen, gefunden oder auch dafür auf Baustellen gearbeitet, alles angehäuft. Jedes Jahr haben sie einen Raum aufgemauert, eine Decke gemacht, ein provisorisches Dach, dann nach und nach Türen und Fenster eingesetzt. Und nach zwei Jahren wurde eine große, L-förmige Glasloggia Richtung Südwesten angebaut, und den beiden Räumen ein steiler hölzerner Dachstuhl aufgesetzt, der mit der Last des Schnees umgehen konnte. Zwei Kippfenster geben Licht in den Dachraum, wo in der Mitte, dort wo sich die beiden Räume treffen, ein Kamin hochgemauert wurde, um von jedem Raum her einen Ofen anzuschließen. Einen Holzboden legten sie etwa zwanzig Zentimeter über dem Niveau, sodass am Eingang eine Stufe angebracht wurde. Hier sind wir immer mindestens einen Schritt über der Erde, sagte Jeanne damals, als ich zum ersten Mal über die Schwelle trat. Umgeben von einem verwilderten Garten, in dem vergilbte, ausgetrocknete Grashalme im Wind wogten, manche davon angeknickst. Ein Rosenstrauch mit dunkelroten Hagebutten. Der Holunder ebenso blattlos wie die Kirsche. Zwei Apfelbäume mit bläulich angeschimmelten, verfaulten Äpfeln daran, viele lagen rund um den Baum, wir fanden ein paar makellose, die wir später einsammelten. Die Zwetschken ausgetrocknet, schwarz mit weißem Schimmel bepunket. Der Birnbaum ist völlig blattlos, am Boden zwischen dem bunten Laub das Fallobst. Ein Brombeerstrauch wuchert vor dem Zaun. Zwei bunt schimmernde Glaskugeln aufgesteckt auf hölzernen Stecken. Wie Fühler oder Augen des Gartens.

Jeanne hält mir die Türe auf, als ich in den Gang trete, in den durch die gemustert gravierten Fenster der Türe gegenüber milchig dämmriges Licht fällt, einen Schritt höher als die Welt.
– Das ist es, was sagst du?
Die Großmutter verstarb vor zwei Jahren. Seither wohnte niemand mehr hier. Feuchter Mief steht im Haus, das irgendwo schimmeln muss. Spinnen weben Netze, die sich mit Staub eindicken. Der Moeller-Holzofen, überzogen von einer gräulichen

Staubschicht. Es riecht höhlig rauchig. Alles von Staub überzogen, die Kredenz, die Anrichte, der Tisch, die Fensterbänke, der riesige Schwarzweiß-Röhrenfernseher. Die Kälte hat sich wie die Feuchtigkeit in den Mauern und Möbeln festgesetzt. Im Schlafzimmer sind die Vorhänge zugezogen. Ein billiger Druck über dem Doppelbett zeigt die Madonna mit dem Kind von Leonardo. Der mechanische Wecker am Nachtkästchen ist stehengeblieben und zeigt 15 Uhr 23. In den Kästen wohlgeordnet das wenige an Kleidung. Als wäre sie gestern erst gegangen. Über eine steile, enge Holztreppe in den dunklen ersten Stock. Das Licht angeknippst. An einer feuchten Stelle in der Dachschräge wächst schwarzblauer Schimmel. Die schrägen Glasfenster sind dreckig vom Regen. Blattwerk und Nadeln sammeln sich an einem. Eine Couch, ein Kasten, darin ein paar Kleider. Das ist das Gästezimmer, meint Jeanne. Damals, als Kinder, schliefen wir hier. Und streicht mit der Hand eine Falte auf der braunen wollenen Decke über der Couch zurecht. Es dämmert schon, als wir wieder ins Freie treten. Ein paar Fenster der Nachbarhäuser sind beleuchtet, Rauch steigt hoch aus dem Haus da am Ende des Weilers. Zur anderen Seite hin steht ein dunkler, alter, aufgelassener Stadel. Die Gemüsebeete sind verwildert, Salat und Zwiebeln ausgeschossen. Zwischen dem Unkraut die feinen Blätter von Karotten. Eine riesige, schon braun und zusammengesunkene, ausgedörrte Zuchinipflanze

auf einem Erdhaufen. Alles feucht, manchmal überzogen mit einem Hauch Reif.
Nochmals ins Haus, wir öffnen die Kästen, die Kredenz, die Schränke und alle Schubläden. Eine Zigarette lang Bestandsaufnahme, Bestecke, Teller, Häferl, Hangerl, Schüsseln, Töpfe, Pfannen und Backformen. Dazu Gewürze in Päckchen und Gläsern. Ein goldiger Blechtopf voll Honig. Ein Päckchen Eiernudeln, noch verschlossen. Schokolade, Nuss-Traube, zweimal 300 Gramm, schon vier Jahre abgelaufen. In einer riesigen Dose mit einem Segelschiff darauf Tee lose und in Päckchen, dazu wilde Minze, wie es scheint. Ein Packen mit Rezepten, manche in Kurrentschrift, andere, mitunter in Frakturschrift, aus Zeitungen ausgeschnitten. Im Schreibtisch ein Packen Briefe, Fotos, Postkarten, Kalender und Papiere, fast alle handbeschrieben. Etwa ein halbes Dutzend Bücher. Wir breiten sie aus, nebeneinander, zwei Kochbücher, eine Gebrauchsanweisung der Kamera, ein Lehrbuch Fotographie für Anfänger, Johannes Mario Simmels Mich wundert, dass ich so fröhlich bin, Auri – Geschichte eines Steinzeitmädchens und ein Geschichtsbuch über das Städtchen hier.
– Hey, das kenn ich. Das habe ich als Kind gelesen ..., und Jeanne nimmt das Jugendbuch über Auri an sich und blättert darin, steckt es schließlich in die Handtasche.
Drei Postkarten aus der Steiermark, zwei aus Den Haag.
– Ja, Omas Schwester lebte in Den Haag.

Die Briefe sind alle in Kurrentschrift. Wir können sie noch nicht lesen.
Die Kalender von 1963, 1968, 1971 und 1972, viele Tage mit Notizen versehen.
Es gibt kaum Kleidung, wahrscheinlich besaß die Großmutter nicht mehr. Überall der typische Geruch nach Oma. Der Kühlschrank ist geöffnet, abgetaut, leergeräumt, geputzt, der Stromstecker gezogen.
Das kleine blau geflieste Bad ist eiskalt. Am Spiegel über dem Waschbecken noch ein Kamm, eine Tube Hirschtalgsalbe und in einem grellgrünen Plastikbecher eine rote Zahnbürste mit völlig ausgeleierten Borsten. Das Handtuch wie frisch gebügelt und gefaltet. Am Boden ein halbes Dutzend Silberfischchen in Aufruhr. In einer dunklen Ecke bewegt sich eine riesige, langbeinige Spinne in ihrem Netz. Zwei Asseln laufen vorbei. In der Blechbadewanne, unter dem Wasserhahn, gelbliche Kalkablagerungen. Der Stöpsel darin.

Wir haben uns spontan zu diesem Ausflug mit dem Auto entschieden. Yvonne ist schon seit Jahren nicht mehr hier gewesen, ich noch nie. Irgendwie habe ich mich mit der Wegstrecke verschätzt, oder wir haben uns vielleicht nur verfahren. Freunde erwarten uns am Abend, und so müssen wir schon nach einer halben Stunde nach Wien zurück, weil uns der Umweg durch fast ein Dutzend Dörfer fast zwei Stunden gekostet hat. Wir schließen ab und gehen nochmals ums Haus, mit der Taschenlampe alles ausleuchtend: ein paar Meter Brennholz aufgeschlichtet und abgedeckt, eine überlaufend volle Regentonne am Ende der Dachrinne. Ein Schuppen, voll mit Brennholz, mit einem Hackklotz einen Meter nach dem Eingang, in dem eine kleine rostige Axt in Richtung des Eintretenden steckt. Unmittelbar neben dem Holzschuppen beginnt der Wald, eng stehen kleine Nadelbäume, ihre nadellosen Äste zum Boden so dicht, an kein Durchkommen zu denken.

Fahrt durch die Nacht, es ist kaum Verkehr. Die Straße mäandert zwischen Hügeln. Der Regen geht immer wieder in kleinflockigen Schnee über. Der Rhythmus des Scheibenwischers.
– Ist viel Arbeit, das alles wieder in Schuss zu bringen.
– Ja. Andrerseits, sobald das Haus bewohnt wird, ergibt sich vieles.
– Der Fleck im ersten Stock ... du hast ihn gesehen? Das muss die undichte Stelle sein, von der Wolfgang erzählt hat.
– Hm ... muss ich mir mal bei Tageslicht anschauen ... aber sicher nicht im Winter, denn aufs Dach gehe ich erst im Frühling. In der Sonne.
– Es wär halt wichtig, alles gut abzuschätzen. Das Dach, du weißt, es ist sehr wichtig. Wenn da weiter Wasser eindringt ... Matthias hat sicher Geduld, aber irgendwann will er wissen, ob ich

das Haus will oder nicht. Er meinte, er würde es sonst eventuell verkaufen.
– Naja, ob da viel rausschaut?
– Wir werden sehen. Und wir überlegen. Bis zum Frühling.

Jeanne in einem Strom von Bildern aus der Kindheit. Die Großmutter, wie sie vor dem Haus stehend ihr zuwinkt, nachdem sie gerade aus dem Auto des Vaters ausgestiegen ist. Wie sie dasteht und zögert und erst nach dem „Komm schon, lauf zur Oma!“ des Vaters hinläuft zum Gartenzaun. Zusammen im Wohnzimmer, und Großmutter, die dem Kind Schokoladepralinen zusteckt, während Mutter gerade telefoniert. Diese Sorte Schokopralinen wird Jeanne ihr Leben lang suchen, ohne sie je wieder zu finden. Oder der Auftrag, einen Strauß Flieder im Garten zu schneiden, um ihn Mutter mitzugeben. Die kindliche Frage von Jeanne, die die Erwachsenen amüsierte: Was ist Flieder? Als Jeanne zum ersten Mal, von der Schwelle der Tür, die in den Garten führt, den blühenden Flieder sieht, nachdem die Großmutter hindeutet zu den prächtigen Blüten am Rande des Gartens, zum flechtenbesetzten Holzzaun hin: Das ist Flieder.

Wir vergessen das Haus für ein paar Wochen. Irgendwann, mitten in den Zuspitzungen des Alltags kam uns beiden – und das ist eine seltene Koinzidenz – die Sehnsucht nach der Stille des

Hauses, auf diesen Begriff einigten wir uns. Von da an wurde es eine Konstante, immer stärker, denn irgendwann, nach über einem halben Jahr, entschieden wir uns für das Haus, und fingen an, es immer näher an uns heranzuholen, mit Telefonaten, Gesprächen, Treffen, Verträgen schließlich. Nur die Stille, die wollte sich lange nicht einstellen, bemerkten wir.

[...]

Die blaue Kugel

Die blaue Kugel schimmert in der Dunkelheit. Die Umgebung spiegelt sich konvex verzerrt. Ringsum flackern Lichter. Die Kugel hängt an einem Nadelbaum. Ein Griff danach. Die Spiegelungen der Hand auf der Kugel, die ich fest ergriff, und indem ich sie begriff, zerbrach. Das Blau der Kugel, das Braun der Haut. Vom Weihnachtsbaum geschnappt, als Kleinkind, als Säugling am Arm meiner Mutter vielleicht. Das ist das erste Bild, die älteste Empfindung, die ich besitze, gewickelt wahrscheinlich in diese eine blaue Decke mit weiß wolkigen Mustern. Ich weiß noch genau, dass es große Aufregung gab und mir der Griff nach den Kugeln verboten wurde.

Jahrzehnte später. Das Bild des italienischen Renaissancemalers Francesco Mazzola, genannt Parmigianino: Selbstbildnis im Konvexspiegel. Und wahrscheinlich zeichnet sich Francesco gerade im Spiegel, die Geste der Hand lässt diese Idee zu. Als ich 2012 zum ersten Mal in natura dem Bild gegenüberstand, an einem Sonntag Mittag nach einer halben Stunde in der Kassenschlange mit Touristen, im Kunsthistorischen Museum, zwischen den Holländern und den Italiern (und damit meine ich die Gemäldesammlungen und nicht die Besucher). Nach dem Besucheranstrum plötzlich ganz allein in einem Nebenkorridor mit Linda Bilda. Das Bild herausgewölbt wie ein Augaupfel aus dem

Raumgesicht, wie ein Auge, in dessen Spiegel ein altes Bild eingebrannt wurde. Es starrte uns an im Raum. Es war wie ein Déjà-Vue.

Zu den Fotos:
alle vom Autor, außer:

Statue eines Jungen mit Hund im NAMA, Nr. 3485.
https://commons.wikimedia.org/wiki/User:DerHexer

Detail einer Statue einer schlafenden Mänade
Picture taken by Marcus Cyron
https://commons.wikimedia.org/wiki/User:Marcus_Cyron

Seite 239:
https://commons.wikimedia.org/wiki/File:Parmigianino_Selfportrait.jpg

Notizen:

Bücher bei fabrik.transit

Juliane Adler: VERGEGENWÄRTIGUNGEN. Schwarzenberg Erfurt Ostberlin. 1951-1989. Gedichte in Alltagssprache. 2017
Juliane Adler: Untexte. Experimentelles und Fragmentarisches, Erzähltes und Verdichtetes. 2014
Ines Birkhan: Gang durch den Wald. Lesespiel. 2018
Franz Blaha: ds' weinochdn. 14 Weihnachtsgedichte aus dem „Häferl" in „Ottakringerisch". 2018
Franz Blaha: Schattenstörche. Texte wie Vogelschatten. Illustrationen von Franz Blaha. 2016
Isabella Breier: mir kommt die Hand der Stunde auf meiner Brust so ungelegen, dass ich im Lauf der Dinge beinah mein Herz verwechsle. Lyrikband in 12 Kapiteln. Illustrationen von Hannah Medea Breier. 2019
Es war einmal ... der Südbahnhof. Fotos: Juliane Adler. 2020
Julian Grill: Mayabunder. 50 Gedichte und 50 Zeichnungen. 2017
Sonja Gruber: Dichtungen. Gedichte. 2018
Sonja Gruber: Dichtungen II. Prosaische Miniaturen und Gedichte. 2020
Barbara Hejlik: FARBIGES GRAU. 68 Bilder o. T. 2019
Im Fluss. Schelmengeschichte. Niedergeschrieben von Erna W. 2018
Im Süden. Ein dreckiger kleiner Krieg. Niedergeschrieben im Frühling/Sommer 2017 von Erna W. 2018
Annett Krendlesberger: anfangs noch. Prosastücke. 2019
Leerstände/Der Übertritt. Fotodokumentation über den Zerfall der Altstädte in der DDR. Fotos: Lenore Lobeck/Text: Juliane Adler. 2014
Markus Lindner: Animalia etc. Gedichte. Grafiken von Linda Bilda, köstebek und Markus Lindner. 2015
Markus Lindner: Nachtschnee. Steganographien. Frontispiz von Nicole Szolga. 2018
Andi Luf: Kirschenmänner. Roman. 2015
rahel mayfeld: fette jahre od. willkommen im pasteten-paradise. gedichte. Grafik von Clara Ann Dehutt. 2020
Brigitte Menne: Die Kentaurin von Kagran. 2020
Thanassis Nalbantis: JA! JA! Der Tag vor der Hochzeit. Roman. 2020
Nicht auf diesem Areal. Fotos und Visualisierungen: Juliane Adler/ Katharina Kantner. Mit Blocktexten von Andi Luf. 2015

Doris Nußbaumer: Mörderische Menschenspiele. Kurzprosa zwischen Heiterkeit und Grauen. 2018
and pawe: pom pom pom poem. Gedichte und Songs. Grafiken von Nicole Szolga. 2017
Sardinen kennen keine Sehnsucht. Anthologie. Herausgegeben von Brigitte Anna Oettl. 2019
John Sauter: Startrampen. Gedichte. 2019
stefan schmitzer: zweitausendachtzehn. vier moritaten. 2019
Rolf Gregor Seyfried: Geh nicht ungeprüft in die Nacht. Gedichte und kleine Prosa. 2020
Herbert Christian Stöger: Entwendungen. Prosa. Grafiken von Herbert Christian Stöger. 2018
Herbert Christian Stöger: VON HIER bis bald. Ein begonnener Roman mit richtigem Gedichtwerk. 2020
Susanne Toth: WIR SIND. GedichtBuch. Feder & Tinte. Phantastische Poesie. Grafiken von Susanne Toth. 2018
Traveljournal Wien. Bodeninschriften von unbekannten Wiener Straßenarbeitern fotografiert von Juliane Adler. 2015
Eleonore Weber: CARAVAN. Erzählungen, Kurzprosa. Illustrationen von Eleonore Weber. 2016
Eleonore Weber: In den Sätzen. Eine Rhapsodie. Illustrationen von Eleonore Weber. 2019
Eleonore Weber: Gleithang Seilschaften. slip-off-slope-rope- parties. Gedichte. 2020
Eleonore Weber: Weil nicht einmal die Ökonomie Festland ist. Gebrauchslyrik. Texte an die Konsum- und Markenwelt. 2017
Eleonore Weber: Wombats, Gras und Traumata. Eine Neuerzählung von Heinrich Hoffmanns „Struwwelpeter“. Illustrationen von Eleonore Weber. 2015
Wir sind Frauen. Wir sind viele. Wir haben die Schnauze voll. Texte zum Internationalen Frauentag. 1. Band 2016/2. Band 2017
Martin Winter: CENSORED. 10 Poems by Martin Winter translated into Chinese by Yi Sha & Lao G. 2020
Martin Winter: DER MOND MUSS PERFEKT SEIN. SHE HAS TO BE PERFECT. Gedichte in drei Sprachen. 2016
Yi Sha: ÜBERQUERUNG DES GELBEN FLUSSES 1/2. Gedichte Chinesisch/Deutsch. Übersetzt von Martin Winter. 2016/2017

https://fabriktransit.net   edition@fabriktransit.net

Markus Lindner

* 1970 in Schwaz. Lebt in Wien
http://nuroman.net/m/char/

Publikationen:
Nachtschnee. Steganographien.
Illustriert von Nicole Szolga
Wien 2018, Edition fabrik.transit

Klei. Roman.
Weitra 2017, Bibliothek der Provinz

Animalia etc. Gedichte.
Illustriert von Linda Bilda und köstebek
Wien 2015, Edition fabrik.transit

Schmelze. Prosa.
Weitra 2014, Bibliothek der Provinz

Zyster. Flaschenpostbuch/Kunstprojekt
Wien 2009, Nomadenpresse